Haialarm - Dicht Daneben Ist Auch Vorbei

Eine fiktive Kriminalgeschichte

Haialarm – Dicht Daneben Ist Auch Vorbei

Eine fiktive Kriminalgeschichte von Thomas Kühnrich

mit Ideen von Stephan Frenk

Verlag tredition

Impressum

Copyright 2014 Thomas Kühnrich

Umschlaggestaltung, Illustration: Thomas Kühnrich

Weitere Mitwirkende: Stephan Frenk

Verlag: tredition GmbH, Hamburg

ISBN Paperback: 978-3-8495-9253-0

ISBN Hardcover: 978-3-8495-9254-7

ISBN e-Book: 978-3-8495-9255-4

Bibliographische Information der Deutschen Nationalbibliothek: Die Deutsche Nationalbibliothek verzeichnet diese Publikation in der Deutschen Nationalbibliografie; detaillierte bibliographische Daten sind im Internet über http://dnb.d-nb.de abrufbar.

Kapitel 1

Paul Stanton saß auf seinem Bootsanleger und starrte ins Wasser. Hier in den Florida Keys war das Wasser türkisblau und kristallklar, aber der Anblick erfüllte ihn nicht mit Freude. Selbst der lauschige Abend konnte seine Stimmung nicht aufhellen. Zwar wurde es kühler und angenehmer, doch das Bier in seiner Hand war mittlerweile warm geworden, und er steckte immer noch im selben verschwitzten Hemd, das er schon vor drei Tagen wieder aus dem Wäschekorb herausgefiltert hatte. Auch der dreieinhalb Meter lange Schatten, der direkt vor seinen Augen durchs Wasser glitt, ließ ihn aus seiner trübseligen Stimmung nicht auftauchen. Was dagegen auftauchte war der Schatten. Spielerisch schnappend stieß der Macohai aus der Tiefe hervor und verfehlte Paul um einen glatten Meter. Doch selbst dies konnte Paul nicht aus seiner Starre lösen, denn der Maco war mehr oder weniger sein Hai. Er hatte ihn in Ermangelung originellerer Ideen Sharky genannt.

Sharky war durch einen seltsamen Zufall zu ihm gekommen. Eines Tages, Paul war mal wieder mit einer Ladung angelwütiger Touristen in den Keys unterwegs gewesen, meldete einer der Angler einen kapitalen Fang. Zu Mehreren versuchten sie, nicht nur die Angel und den Angler an Bord zu halten, sondern darüber hinaus auch seinen Fang sicherzustellen. Ein heftiger Kampf entbrannte jedoch nicht. Zwar ließ die Angel sich schwer einholen, doch verspürte man keine Gegenwehr. Erste Vermutungen an Bord postulierten den klischeehaften alten Autoreifen am Haken. Andere witzelten etwas morbider die Leiche eines vermissten Seefahrers ans Fischfanggerät. Kurz darauf tauchte die Rückenflosse eines Hais aus dem Wasser. Der Leineneinzug geriet ins Stocken, da alle wie gebannt auf den Fang starrten. Als Schiffsführer befahl Paul seinen nunmehr in untätiger Starre versunkenen Fischern, die Angel weiter einzuholen. Vorsichtig drehten sie die Trommel und zogen den Hai ans Schiff. Gegen die Bordwand dumpf anschlagend sahen sie Sharky in voller Größe. Seine ledrig wirkende, bläulich graue Haut, die knopfartig runden, tiefschwarzen Augen, seine langen Brustflossen und die scharfkantige Schwanzflosse. Bedrohlich lag er längsseits des Schiffes, sich jedoch nicht bewegend. Paul stellte schnell fest, dass sie ihn nicht an Bord holen konnten, und die Situation grundsätzlich mehr als ungünstig war. Die mittlerweile wieder zum Leben erwachten Freizeitfischer schwatzten wild durcheinander und zückten ihre Digitalkameras und Handys, Gewicht und Länge schätzend sowie fotodokumentarisch für die Nachwelt festhaltend. Dem an Bord ausgebrochenen Chaos versuchte Paul durch ein jähes „Abschneiden!" ein Ende zu bereiten. Widerwillig murrend störten sich die Gäste an der Vorstellung, den Fang des Tages nicht voller Stolz an Land präsentieren zu können. Paul hatte Mühe, ihnen klar zu machen, welche Probleme es machen würde, den Hai bis in den Hafen zu schleppen; von den weiteren Tücken vor Ort und dem ganzen restlichen Aufwand mal ganz abgesehen. Zumal man immer noch nicht wisse, ob der Hai nun tot sei oder nicht. Einer der Gastfischer meinte, dass sich dies doch einfach herausfinden ließe und schnappte sich sofort den Bootshaken, um den Hai damit zu attackieren. Sharky, durch den Pieks aufgeweckt, drehte und wandt sich und schlug wild mehrfach gegen das Boot, so dass dieses gehörig zu schaukeln begann und stark seitwärts krängte. Die Stimmung an Bord wendete sich umgehend gegen den Bootshakenbenutzer, und alle pflichteten Paul bei, den Hai loszuschneiden, solange das Schiff noch halbwegs aufrecht schwamm. Kurz entschlossen griff Paul zu seinem schon ziemlich betagten Bordmesser. Trotz des beträchtlich vorhandenen Rostes schnitt die Klinge einigermaßen sauber durch die Sehne. Das Schiff richtete sich augenblicklich wieder auf, und die Gäste beruhigten sich wieder etwas. Der Ausflug allerdings war für die Reisegruppe erledigt. Keiner wollte, angesichts der gerade entronnenen Todesgefahr, die Fahrt weiter ausdehnen. Paul fuhr in den State Harbor ein, um seine Gäste abzusetzen. In der Hogfish Bar gönnte er sich erst mal ein kaltes Bier von den mageren Einnahmen des Tages, um kurz darauf leicht benebelt - bei einem Bier war es wie immer nicht geblieben - zu seinem Liegeplatz auf Little Turtle Key weiterzufahren. Hier auf dem meist einsamen Parkplatz direkt am Anleger in seinem alten Chevy Van sitzend, traute er seinen Augen nicht. Er rieb sie sich mehrfach, um sicherzugehen, dass ihm das mittlerweile fünfte Bier keine Erscheinung vorgaukelte, doch da war er. Ein paar Meter vom Steg entfernt lag ein Hai im Wasser. Ein Macohai. Sharky. Bewegungslos, so wie anfangs neben der Bordwand. Paul war nicht sicher, was er tun sollte, ging jedoch erst mal aufs Schiff, um besser sehen zu können. Der Hai näherte sich dem Boot. Paul wurde das Gefühl nicht los, dass Sharky ihn anschauen würde, doch außer einem leichten Schielen konnte Paul dem seltsamen Blick des Fisches weiter nichts entnehmen. Was wollte dieser schielende Hai von Paul? Mit wilden Handbewegungen und Pfui - wie auch Hau ab - oder Gehwegrufen versuchte Paul, Sharky zu vertreiben, doch der reagierte nicht. Zwei Stunden und drei Bier später gab Paul seine Versuche auf und wollte sich zu Bett begeben. Da spielten ihm seine alkoholgeschwängerten Sinne einen Streich, und er fiel seitlich über die Reling ins Wasser. Dieses war hier allerdings nur knapp anderthalb Meter tief, und somit tauchte er mit leichten Kopfschmerzen gleich wieder auf. Im Wasser stehend besann er sich auf den Hai und wollte geradewegs zur Leiter des Anlegers zurück. Zu spät. Sharky war schon links neben ihm. Plötzlich war er wieder weg. Dann tauchte er rechts neben ihm auf und verschwand wieder. Kurz darauf versagten Paul die Füße. Er wurde durch einen derben Rempler zu Fall gebracht. Wild um sich schlagend kam er wieder hoch, sah sich um und erschrak, als er Sharky direkt vor sich im Wasser liegen sah wie einen unumstößlichen, schweren Fels. Das war`s, dachte er sich. Sein Leben zog an seinem inneren Auge vorbei: Die Farm, auf der er groß geworden war, das ärmliche Elternhaus, seine erste Liebe, der erste Bierrausch, der im totalen Dreck eines alten Kuhstalls geendet hatte, der Umzug nach Florida, die kleinen Segelabenteuer mit seinen Eltern, der Tod dieser in einem Sturm; alles, was ihn in seinem bisherigen Leben bewegt hatte, war wieder da. Klar und deutlich spulte sich dieser Film ab und endete im Grau seines jetzigen Daseins. Er öffnete die Augen, und nichts hatte sich verändert. Sharky lag vor ihm. Paul wich einen kleinen Schritt zurück. Etwas zeitversetzt zog der Hai nach. Paul bewegte sich mit einem Schritt nach links, Sharky, der erst kurzzeitig nach rechts schwankte, folgte ihm und nahm wieder die Felsposition ein. Paul probierte es mit einem kleinen Schritt nach rechts. Selbiges Verhalten wie zuvor beobachtete er beim Hai: Kurzer Schwenk nach links, darauf sofort den Irrtum bemerkend Schwenk rechts und Felsposition. Paul deutete eine Bewegung nach links an formte diese jedoch um in einen Ausfallschritt nach rechts. Sharky wieder kurz rechts, dann links, bemerkend dass Paul nach rechts entschwand und ihm folgend, um vor ihm wieder zur Ruhe zu kommen. Paul bekam mit, dass der Hai eine etwas beeinträchtigte Sinneswahrnehmung zu besitzen schien. Dies konnte er jedoch wegen seiner eigenen Benommenheit nicht ausnutzen. Zumal das Wasser ihm das Vorankommen erschwerte, und Sharky hier doch deutliche Vorteile mitbrachte. Somit gab es keinen Ausweg. Jedoch hatte Paul mittlerweile das Gefühl, dass der Hai nichts Böses von ihm wollte. Sich der Trauer über das Ende seines soeben abgelaufenen Lebensfilmes mühevoll entreißend, nahm Paul allen Mut zusammen und versuchte, Sharky zu berühren, denn mehr als sein armseliges Leben stand nicht auf dem Spiel. Vorsichtig stupste er Sharky mit dem Zeigefinger auf die Nase. Der Hai wich unter der Berührung kurz zurück, kam dann allerdings wieder näher und streckte sein Maul ein Stück aus dem Wasser. Paul war unsicher, was das zu bedeuten hatte. Er sah Sharky misstrauisch an, konnte jedoch nichts Aggressives an diesem entdecken. Sharky senkte seinen Kopf, um ihn gleich darauf wieder zu heben. Er bewegte ihn mehrfach seitlich hin und her und dann wieder auf und nieder. Paul wusste nichts damit anzufangen, fühlte sich aber komischerweise immer noch nicht bedroht. Plötzlich hielt der Hai wieder inne. Und da fiel Paul etwas auf, und er glaubte zu wissen, was der Hai wollte. Die restliche Schnur des Angelhakens hing dem Tier aus dem Maul. Vorsichtig nahm Paul die Schnur in die Hand und zog ganz leicht daran. Sharky öffnete langsam sein Maul. Messerscharfe, weiße Zähne blitzten Paul entgegen, und zwischen Dreien von ihnen hatte sich der Haken mit dem restlichen Köder verfangen. Todesmutig aber auch etwas lebensmüde griff Paul in Sharkys Schlund und befreite ihn von der Plage. Den Haken in der Hand entfernte er den restlichen Köder und warf ihn ein Stück weit aufs Meer hinaus. Sharky folgte mit leicht debilem Blick der Trajektorie, um dann dem Restköder hinterher zueilen. Paul sah, wie der Hai zirka zwanzig Meter entfernt blitzschnell aus dem Wasser stach und den Köder unglaublicherweise verfehlte. Erst im dritten Anlauf hatte Sharky Erfolg. Paul drehte sich - kopfschüttelnd über so viel Unfähigkeit - um, ging zur Leiter und legte sich ein seinem Boot schlafen.

Dies war nun zwei Jahre her. In dieser Zeit wurden sie wenn nicht Freunde dann doch so etwas wie Kumpels.

Außerdem konnte Paul einfach die Unfähigkeit des Hais nicht ertragen, auch nur simpelste Aspekte des Haidaseins auf die Reihe zu kriegen; wie zum Beispiel ab und an einen Fisch fangen; und fütterte ihn deshalb mehr oder weniger regelmäßig und sprach auch mit ihm; hauptsächlich da sonst kaum jemand zu hören bereit war, was Paul zu sagen hatte.

Dies lag zum Großteil daran, dass Paul ständig das Gleiche sagte: Nämlich, dass die Zeiten schlecht seien. Sein Geschäft ging miserabel. *Pauls Fishing* war nahezu pleite. Paul war jetzt vierunddreißig Jahre alt. Nach konventionellen Maßstäben hatte er in seinem Leben bisher nicht viel erreicht. Er hatte keine Familie, kein Haus, und seine Firma ging schlecht. Er wohnte in einem alten Campmobil, welches hier auf dem Parkplatz direkt am Anleger stand. Seine Eltern, die er sehr geliebt hatte, konnten ihm nichts hinterlassen als dieses Boot, eine 24 Fuß Shackleton, ein altes Modell. Der Anstrich blätterte ab, und die beiden Yamaha-Außenborder warteten schon geraume Zeit auf eine Überholung. Keine zahlenden Gäste, kein Geld.

Paul war mittelgroß, nicht übermäßig kräftig gebaut, dafür aber drahtig. Seine kurzen, wuscheligen Haare stachen wild in alle Richtungen. Rasiert hatte er sich seit drei Tagen nicht mehr, und seine blauen Augen blickten etwas traurig drein. Dabei hatte alles so vielversprechend angefangen; damals, als Paul den Gedanken hatte, sich den Hai zu Nutze zu machen.

Um sich von der Konkurrenz abzuheben, war er auf eine Idee gekommen: Er hatte hier diesen quasi zahmen Hai. Wenn es ihm gelänge, das Tier so abzurichten, dass es in den richtigen Momenten am Boot auftauchte und den Touristen einen gehörigen Schrecken einjagte, so würde sich dies sicher bald herumsprechen. *Pauls Fishing* als Garant für Adrenalin. Das musste die Leute doch anlocken! Aber es war anders gekommen.

„Du dämlicher Knorpelfisch!", brüllte Paul den Hai an. Dieser reagierte gelassen und schwamm eine weitere Runde. „Das ist alles Deine Schuld! Hättest Du einfach nur das gemacht, was ich Dir beigebracht habe, wäre jetzt alles gut!" Der Hai schien die Vorwürfe ungerechtfertigt zu finden. Er glotzte Paul mit verständnislosen Augen an, und hätte es wohl bevorzugt, wenn dieser ihm endlich seinen Fisch gegeben hätte.

Das Problem, so wie Paul es sah, lag darin, dass es schon immer extrem schwierig gewesen war, Sharky Irgendetwas beizubri1ngen. Der Fisch war einfach extrem begriffsstutzig. Anstatt einfach nur mal eben so neben dem Boot aufzutauchen, etwas herumzuspritzen und böse zu gucken, fraß er regelmäßig die gefangenen Fische von den Haken. Dies trug nicht gerade dazu bei, *Pauls Fishing* einen guten Ruf zu verschaffen. „Wer mit Paul fährt, fängt eh nichts.", hieß es bald überall. Die Touristen blieben weg, und Paul war nahezu pleite. Seine Ersparnisse reichten vielleicht noch einige Wochen, dann war Schluss. Keine Chance, das Boot zu überholen, oder den verwahrlosten Van in Schuss zu bringen. Paul war verzweifelt. Aber Paul war auch einfallsreich. Wenn mit den Touristen kein Geld zu verdienen war, dann musste es eben anders gehen. Wieder beobachtete er, wie der Hai seine Runden drehte. Aus diesem Fisch musste sich doch Kapital schlagen lassen! Okay, Sharky war schon ein bisschen dämlich, aber Paul schwebte da etwas vor. Es war noch unbestimmt und verschwommen, aber so etwas wie ein Plan nahm in seinem Kopf langsam Kontur an. Der Plan drehte sich um Millionäre, Haie und heldenhafte Rettung, für die sich die Millionäre dankbar und vor allem erkenntlich zeigen würden. Hier auf seinem Steg sitzend, die Sinne zumindest teilweise vom Bier vernebelt, fasste Paul einen Entschluss: Ja, der Plan war gut. Paul sah den Hai an. Der Hai sah Paul an. Sie würden es versuchen.

***

Kapitel 2

Palm Bay war ein Ort, an dem es sich gut leben ließ. Das heißt, gut leben ließ es sich nur dann dort, wenn man Geld hatte. Und die meisten Leute hatten Geld in Palm Bay. Es wäre vielleicht übertrieben zu sagen, dass es dort von Millionären nur so wimmelte, aber es gab genug von ihnen. Palm Bay war ein Ort mit stattlichen Häusern auf gepflegten, großen und vor allem hochumzäunten Anwesen. Die Anwesen unterschieden sich zwar im Baustil, ähnelten sich aber fast alle in ihrer Pompösität. Es gab Versuche mediterranen Stils, moderne Scheußlichkeiten aus Glas und Beton, die mit der Landschaft ungefähr so harmonierten, wie es ein Bauernhaus in einer Fußgängerzone getan hätte, sowie Reminiszenzen an alte südstaatlerische Größe. Nur ganz wenige Häuser waren in einem fast bescheiden zu nennenden Bungalowstil errichtet, der so gut zu Südflorida passte und sich symbiotisch mit der maritimen Umgebung arrangierte. Alles in allem aber war es ein Konglomerat, das vor allem Eines ausdrückte: Hier regiert das Geld. In der Marina lagen luxuriöse Yachten, die eher repräsentativen Zwecken dienten und dem Ego ihrer Besitzer schmeicheln sollten, als wirklich in See zu gehen. In Palm Bay wohnten ältere Männer mit viel Geld, deren ebenso ältliche Gattinnen dem Verfall einstiger Schönheit und Jugend mit zu viel teurem

Schmuck und ebenso vielen und teuren Schönheitsoperationen freilich erfolglos entgegenzuwirken versuchten. Kurzum, Palm Bay wirkte wie eine überaus exklusive Seniorenresidenz.

Oswald Pringles besaß alles, was man billigerweise von einem Millionär erwarten durfte: Eine prachtvolle Villa, mehrere teure Autos und ein ansehnliches Vermögen. Eine Yacht besaß er nicht, einmal da er zur Seekrankheit neigte, vor allem aber, weil er seit einiger in seiner Jugend auf Wunsch seines Vaters in der Navy verbrachter Jahre, der dies als unverzichtbare, charakterformende Maßnahme betrachtet hatte, jede Form der Seefahrt fast ebenso verabscheute wie seinen aus seiner Sicht glücklicherweise lange verstorbenen Vater. Das Vermögen, welches nun ihm gehörte, hatte Pringles Senior mit einer erfolgreichen Anwaltskanzlei gemacht. Der alte Pringles hatte gehofft, sein Sohn würde das Geschäft fortführen. Doch Oswald zeigte keinerlei derartige Ambitionen. Nicht nur dass die Zeit in der Navy nicht zu der erhofften Ausbildung gewisser Charaktereigenschaften geführt hatte, Oswald erwies sich darüber hinaus als ebenso unfähig wie faul. Seinem Vater blieb nichts weiter übrig, als mehr oder weniger tatenlos zuzusehen, wie sein Sohn sich damit zufrieden gab, sein Leben als Sohn reicher Eltern zu genießen. Daran änderte sich auch nichts, als Oswald langsam älter wurde. Er blieb, was er immer war, ein unsympathischer, nur dem eigenen Vorteil ergebener Zeitgenosse. Das Bild, das Oswald Pringles von sich selbst hatte, war freilich ein Anderes. Mit seinen mittlerweile siebenundsechzig Jahren hielt er sich für immer noch recht stattlich. Er neigte weder zu Übergewicht, noch hatte er sonstige nennenswerte Gebrechen zu beklagen. Das Haar wurde zwar langsam ein wenig schütter, wenn er es aber geschickt kämmte, ließ sich der beginnende Schwund noch immer kaschieren. Wenn er sich mit seinen ausdruckslosen Augen im Spiegel betrachtete, so war er im Großen und Ganzen zufrieden mit dem, was er da sah. Er war Mitglied in verschiedenen Clubs, welche sein gesamtes gesellschaftliches Leben ausmachten, und in denen Menschen verkehrten wie er: egozentrisch und selbstverliebt. Geheiratet hatte er nur, weil sein Vater es unter Androhung des Entzuges finanzieller Unterstützung verlangt hatte. Dieser Wunsch des Vaters entsprang wohl auch der Hoffnung, dass eine Frau aus seinem missratenen Sohn vielleicht doch noch etwas machen würde. Diese Hoffnung hatte sich nicht erfüllt, und Oswald Pringles ignorierte seine Gemahlin so intensiv und erfolgreich, dass aus dieser einstmals so lebensfrohen Frau ein Schatten ihrer selbst wurde. Clarisse Pringles vertrocknete buchstäblich neben ihrem dünkelhaften Gatten, und nach dreiunddreißig gemeinsamen Jahren waren weder von ihrer einstigen Schönheit noch ihrem Esprit etwas übrig geblieben. Oswald Pringles war das egal. Er verbrachte seine Tage vorzugsweise in den diversen Clubs. Allmorgendlich aber ging er zu seinem Privatstrand hinunter, um eine halbe Stunde zu schwimmen. Das hielt ihn fit und half, den Beginn eines Bauchansatzes in Schach zu halten. Er schwamm immer an der gleichen Stelle. Immer etwa eine halbe Meile. Oswald Pringles war ein Mensch mit festen Gewohnheiten.

***

Kapitel 3

Der Chevy Van rumpelte über die staubige Zubringerpiste zum Overseas Highway. Sharky dümpelte bedenklich in seinem Bottich hin und her, und das Wasser schwappte über den Rand. Paul hatte den Van umgerüstet. Er hatte alle Sitze entfernt und eine alte, große GFK-Wanne im Laderaum montiert. Diese stammte vom Fischereihafen in Spanish Harbour, etwa eine Stunde Autofahrt entfernt. Ursprünglich war es eine Auffangwanne für Fischeingeweide gewesen; teilweise durchlöchert und übel riechend. Paul hatte sie umsonst bekommen, da sie selbst in der Ausweidestation keine Verwendung mehr gefunden hatte. Er hatte die Löcher zu laminiert und die Wanne dem Van angepasst. Paul hatte versucht, den Geruch auszuwaschen. Dieser hatte sich jedoch als so hartnäckig erwiesen, dass Paul schließlich aufgab und sich gezwungen sah, den Umbau im Zustand quasi ununterbrochener Bierseligkeit vorzunehmen; ein Zustand in dem er sich recht gern befand.

Sharky fühlte sich von dem Geruch weit weniger gestört. Was ihn störte, war diese blödsinnige Schaukelei und die Tatsache, dass der Wasserstand in seinem Bottich bedenklich abnahm. Es war Paul nicht leicht gefallen, den Hai mit Hilfe eines Flaschenzuges und einer alten

Persenning in den Van zu hieven. Er musste den Van rückwärts ganz dicht ans Wasser zurücksetzen. Dann bugsierte er die Persenning unter den Hai, so dass dieser wie auf einer Art Bahre lag. Dann hakte er die Leinen, die an den vier Ecken der Persenning angeschlagen waren, in den Flaschenzug ein und hievte den Hai hoch. Die alte Fischwanne konnte er auf einem rampenartigen Gestell, was er sich gebaut hatte, aus dem Laderaum des Vans und unter den Flaschenzug schieben. Nun den Hai absenken und die Wanne in den Van zurück, dann war es geschafft.

Als sie auf den Highway einbogen und die holprige Piste hinter sich ließen, wurde die Fahrt ruhiger. Das Schwappen hörte auf, und der Hai beruhigte sich. Es war jetzt kurz vor sechs und bald dunkel. In zwei Stunden würden sie in Palm Bay sein. Paul hatte ein wenig recherchiert, und es war nicht damit zu rechnen, dass Oswald Pringles vor acht Uhr morgens am Strand auftauchte. Genug Zeit also, um alles vorzubereiten. Paul überdachte die letzten Wochen. Wie er immer wieder mit Sharky geübt hatte, an die endlosen Stunden im Wasser, in denen er versucht hatte, dem Fisch klarzumachen, was er von ihm wollte. Unzählige Male hatte Paul den Dummy wieder zusammen flicken müssen, da Sharky anstatt - wie beabsichtigt - nur neben diesem aufzutauchen und ein bisschen Radau zu machen, der Puppe den Garaus gemacht hatte. Den Dummy hatte Paul aus einem alten Neoprenanzug gebastelt. Er hatte den Anzug mit Styropor ausgestopft, damit er schwamm. Zum Schluss war es einigermaßen gut gegangen, und der Hai benahm sich meist so, wie Paul sich das vorstellte. Die letzten Zweifel und Gewissensbisse räumte Paul wie gewohnt mit ein paar Dosen Bier aus und tröstete sich mit dem Gedanken, dass schon alles gut gehen werde, und dass schließlich jeder, der in diesen haiverseuchten Gewässern herumschwamm, selbst schuld sei, wenn ihm etwas passierte. Außerdem durften die endlosen Stunden, während derer er mit dem Fernglas bewaffnet reglos und gut getarnt in den felsigen Klippen von Palm Bay gelegen hatte, um die Gewohnheiten der dortigen Bewohner zu studieren, nicht umsonst gewesen sein.

 Im Grunde aber hielt Paul den Plan immer noch für gut. Und: Was für eine Wahl hatte er denn? Das letzte Geld war für Laminierharz, Fisch für Sharky und Bier für ihn drauf gegangen. Um sich selbst Mut zu machen nahm Paul noch einen Schluck Bier und passte auf, das Tempolimit nicht zu überschreiten.

***

Kapitel 4

Die Privatstrände in Palm Bay lagen in einer geschützten Bucht. Die Bucht war U-förmig und wurde an beiden Seiten durch felsige Vorsprünge begrenzt, so dass sich zufällige Spaziergänger - selbst wenn es erlaubt gewesen wäre - hierher gar nicht verirren konnten. Der Wind stand um diese Jahreszeit meist ablandig, so dass die See verhältnismäßig ruhig war. Kurz nach acht machte sich Oswald Pringles auf den gut hundert Meter langen Weg zum Strand. Das freundliche „Buenos Dias" seines puerto-ricanischen Gärtners, der sich an einigen Hibiskusbüschen zu schaffen machte, ignorierte er. Für Oswald Pringles waren Dienstboten so etwas wie Inventar und schon deshalb einer halbwegs menschenfreundlichen Behandlung nicht würdig. Dies traf seiner Meinung nach insbesondere auf illegal beschäftigte Puerto-Ricaner zu, die die englische Sprache nur unzureichend beherrschten. Am Strand angekommen entledigte er sich seines Bademantels, stieg ins Wasser und machte sich daran, seine tägliche halbe Meile zu absolvieren.

Paul, der mit seinem Feldstecher gut versteckt in den Klippen lag, beobachtete, wie der alte Mann mit recht kräftigen Zügen aufs Meer schwamm. Im Schutze der Dunkelheit hatte Paul - wiederum nicht ohne Mühe -

den Hai zu Wasser gelassen. Mittels einiger Fische hatte er ihn die restliche Nacht über bei Laune gehalten. Nun schwamm Sharky vor den Felsen auf und ab und schien sich zu fragen, was die nächtliche Herumkutscherei und der ganze Aufwand überhaupt sollten. Der Van stand unauffällig geparkt auf einem zwar öffentlichen aber einsamen Strandparkplatz außerhalb des Privatressorts. Paul hatte eine Angelrute ans Fahrzeug gelehnt und ein paar alte Eimer daneben gestellt, um dem Ganzen den Anschein eines abgestellten Anglerautos zu geben.

Oswald Pringles war jetzt etwa eine Viertelmeile vom Ufer und vielleicht zweihundert Meter von Pauls Versteck entfernt. Paul wusste aus seinen Recherchen, dass Pringles mit ziemlicher Sicherheit der einzige Schwimmer zu dieser frühen Stunde sein würde. Verwechselungen mit anderen, eventuell weniger vermögenden Schwimmern waren also nahezu ausgeschlossen.

 Paul gab das eingeübte Zeichen. Er schlug dreimal mit der flachen Hand aufs Wasser. Sharky würde sich in Richtung des Schwimmers in Bewegung setzen, dicht an diesen heran schwimmen, ihn umkreisen, kurz auftauchen und zu Tode erschrecken.

Fast genauso geschah es: Sharky setze sich in Richtung des einsamen Schwimmers in Bewegung, schwamm dicht an diesen heran, umkreiste ihn, erschreckte ihn zu Tode und machte dann - entgegen allen Planungen und alle im Bier erstickten Befürchtungen Pauls bestätigend - sein Maul weit auf und biss zu. Es gab ein mächtiges Durcheinander, Wasser spritzte auf und kurz darauf war Mr. Pringles verschwunden. Das Wasser war so ruhig wie zuvor. Fassungslos starrte Paul durch seinen Feldstecher auf die nunmehr leere Wasseroberfläche. Die Fassungslosigkeit wich einer kurzen Panik, welche wiederum einer unbändigen Wut zuerst auf sich selbst und dann auf den Hai wich. Dieser verdammte Fisch! Nicht nur, dass er ihm seine zahlende Kundschaft vertrieben hatte, jetzt ruinierte er auch noch diesen todsicheren Plan! So oft hatten sie geübt, so viele Male hatte er die Neoprenpuppe geflickt. Alles umsonst? Nein, das durfte nicht sein! Paul dachte nach. Besonders schuldig fühlte er sich nicht. Nach allem, was er über den Mann herausgefunden hatte, war dieser ein ziemlicher Kotzbrocken gewesen. Und Haie hatte es hier schon immer gegeben. Wer hier herum schwamm, musste damit rechnen, Ärger zu bekommen. Aber jetzt kam es erst einmal darauf an, hier zu verschwinden.

Mitten in Pauls Gedanken hinein platzte Sharky, der nicht ohne einen gewissen Hang zum Dramatischen unmittelbar vor ihm aus dem Wasser titschte und ihn ansah, als erwarte er eine Belohnung. In Sharkys Blick zeigte sich keinerlei Schuldbewusstsein. Er sah Paul leicht schielend an und wedelte mit dem Schwanz. Paul warf einen Stein nach ihm: „Verdammter Fisch!" Der verdammte Fisch blieb davon unbeeindruckt. Er drehte eine kleine Runde und sah dann wieder auf Paul. Der beruhigte sich langsam. Hatte er zu viel erwartet? War das Training ausreichend gewesen? Sollte er den Plan aufgeben? „Schluss jetzt", ermahnte er sich selbst. Er musste hier weg, bevor das Verschwinden des alten Mannes auffallen und irgendwelche Rettungs-oder Suchmaßnahmen einleiten würde. Paul lotste Sharky um die Klippen herum in Richtung Van. Als sie dort ankamen, war nicht mal eine Stunde vergangen. Es war immer noch früh am Morgen, und der Parkplatz war immer noch leer.

Wäre alles nach Plan gegangen, hätte Paul den Hai effektvoll vertrieben, den Millionär somit dramatisch gerettet und würde jetzt mit seinem dankbaren Opfer auf der Veranda von dessen Villa sitzen. Der solcherart dem sicheren Tode Entrissene hätte sich erkenntlich zeigen wollen. Paul hätte bescheiden abgewehrt, aber nicht zu überzeugend. Der Millionär hätte auf einer Belohnung bestanden, und Paul hätte nach einigem Zögern angenommen. Jetzt war alles anders. Sie mussten weg. Wieder kamen Flaschenzug und Persenning zum Einsatz. Langsam bekam Paul Übung, und die Sache verlief relativ zügig. Sharky schwappte satt und zufrieden in seiner Wanne, als Paul sich auf den Rückweg begab. In ungefähr zwei Stunden würden sie wieder auf Little Turtle Key sein. Aber unterwegs würde er noch mal kurz an einem Seven Eleven anhalten; das Bier war ihm ausgegangen.

***

Kapitel 5

Es wäre übertrieben zu sagen, dass Clarisse Pringles anfing, sich Sorgen zu machen, als ihr Mann gegen neun Uhr noch immer nicht vom Strand zurück war. Sorgen macht man sich um etwas, was man liebt, und von Liebe zu ihrem Mann war Clarisse weit entfernt. Aber die Grundsätze und Werte, mit denen sie aufgewachsen, und nach denen sie erzogen worden war, verboten ihr eine völlige Gleichgültigkeit gegenüber ihrem Mann. Familiensinn - ihr Wunsch nach Kindern wurde in der in jeder Beziehung unbefriedigenden Ehe mit Oswald nicht erfüllt - und Loyalität, dies waren einige der Säulen in ihrem Weltbild. So erhob sich Clarisse schließlich seufzend, stellte die Kaffeetasse beiseite und ging zum Strand hinunter. Dort fand sie die Latschen und den Bademantel ihres Mannes. Von diesem fehlte allerdings jede Spur. Ihr Mann war ein recht guter Schwimmer, und so ging sie zunächst nicht davon aus, dass etwas Schlimmes geschehen sein könnte. Allerdings war die Bucht von felsigen Vorsprüngen begrenzt, und Oswald war noch nie um diese Vorsprünge herum geschwommen. Er hatte dies einerseits deshalb nicht getan, weil die Strecke dann nicht eine halbe Meile sondern mindestens eine ganze betragen hätte, andererseits und hauptsächlich aber weil die Nachbarbucht kein Privatgelände mehr war, und er damit rechnen müsste, dort ganz gewöhnlichen Menschen zu begegnen; ein Zusammentreffen, das Oswald Pringles wann immer möglich zu vermeiden trachtete.

Da sie hier am Strand nicht auf weitere Erkenntnisse hoffen durfte, machte sich Clarisse auf den Rückweg. Sie sah den Gärtner, der immer noch mit den Hibiskusbüschen beschäftigt war.

„Migel, haben Sie Mr. Pringles heute Morgen gesehen?"

Der Gärtner brauchte einen Moment, um sich über die Bedeutung der Frage klar zu werden. Er war jetzt zwar bereits einige Jahre im Land, aber da er illegal in den Vereinigten Staaten arbeitete und daher selten das Grundstück verließ, beschränkte sich sein sozialer Kontakt hauptsächlich auf Clarisse` Katze Miss Pinky, die zu füttern zu seinen Aufgaben zählte. Diese Zurückgezogenheit trug nicht dazu bei, sein Verständnis der englischen Sprache zu fördern. Zwar war Migel bestrebt, in seiner kargen Freizeit und mit Hilfe eines Wörterbuches seine Kenntnisse zu verbessern, aber da er in seiner Heimat nur eine untergeordnete Schule besucht hatte und obendrein - um seinem Vater zu helfen - mehr Zeit auf dem bescheidenen Acker der Eltern als in der Schule verbrachte hatte, blieben diese

Bemühungen auf Grund seines leicht dyslexischen Handycaps größtenteils erfolglos.

„Ja, Mam, Mr. Pringles Playa heute manana." Clarisse glaubte dem entnehmen zu dürfen, dass sich Oswald wie gewohnt an den Strand begeben hatte. „Und haben Sie Mr. Pringles auch wieder zurück kommen sehen, Migel?"

„No Mr. Pringles kommen zurück. Nada."

Clarisse dachte kurz über diese Äußerung nach, empfand sie trotz ihrer offensichtlichen Defizite als hilfreich und beschloss, es vorerst dabei zu belassen. „Vielen Dank, Migel. Tut mir leid, dass ich Sie in Ihrer Arbeit gestört habe. Bitte entschuldigen Sie mich." Damit ging sie ins Haus zurück.

Migel hatte ab `Vielen Dank` nichts mehr verstanden und war froh, dass diese für ihn ungewöhnlich lange Konversation ein Ende hatte. Er wandte sich wieder den Büschen zu.

Im Haus sagte sich Clarisse, dass sicher nichts Ernstes passiert sei. Wenn ihr Mann es vorzog, das Anwesen, ohne sie zu informieren, zu verlassen, dann gefiel ihr das zwar nicht sonderlich, aber schließlich war der Mann erwachsen. Und wenn sie ehrlich war, so sehr vermisste sie seine Gegenwart nun auch wieder nicht. Sie ging daran, sich eine frische Tasse Kaffee zu bereiten.

***

Kapitel 6

Der Van stand wieder auf dem einsamen Strandparkplatz auf Little Turtle Key. Es war bereits dunkel. In dem Van saß Paul und grübelte. Er saß dort seit Stunden und war noch zu keinem endgültigen Ergebnis gekommen, wie es weiter gehen sollte. Der Hai war wieder im Wasser und schwamm wahrscheinlich schielend um den Anleger herum. Aber Pauls Gedanken kreisten nicht primär um den Fisch. Vielmehr sah er vor sich Bilder von Ermittlungsbeamten, die sich mit dem Verbleib von Oswald Pringles beschäftigten, von Suchbooten der Küstenwache, die die Gewässer vor Palm Bay absuchten und vielleicht Überreste des Verblichenen fanden und von Zeugen, die vielleicht doch gesehen hatten, wie aus einem verdächtig aussehenden Dodge Van etwas noch sehr viel mehr Verdächtiges ausgeladen und wieder eingeladen wurde. Diese Bilder versuchte er in gewohnter Weise zu vertreiben, in dem er seinen ohnehin schon beträchtlichen Bierkonsum noch um Einiges intensivierte. Das wiederum führte dazu, dass seine Überlegungen immer wieder durch die Notwendigkeit, Pinkeln zu gehen, unterbrochen wurden. Bei einer dieser Gelegenheiten, als Paul sich vom Steg aus Erleichterung verschaffte, glitt wieder der Schatten des Macos unter ihm durch. Unbeeindruckt von dem durch Paul verursachten Plätschern zog er seine Bahn.

Nein, dachte Paul, Sharky mag zwar etwas begriffsstutzig sein, und sicher sind seine Augen auch nicht die Besten, aber der Fisch macht keine halben Sachen. Von Oswald Pringles würde nichts gefunden werden, und selbst wenn dies der Fall sein sollte, würde jeder vernünftige Mensch eine Haiattacke und damit einen bedauerlichen Unfall vermuten. Und auf dem Parkplatz hatte ihn ganz bestimmt niemand gesehen. Es gab keine Spur zu ihm. Er machte sich ganz unnötige Sorgen. Er würde mit Sharky weiter trainieren und einen neuen Versuch wagen. Einmal musste es ja klappen. Allerdings durfte er nicht zu lange warten, denn sein Geld war so gut wie alle. Er würde versuchen, doch noch ein paar Angelkunden zu bekommen. Hauptsache die verschlissenen Außenborder ließen ihn nicht vorzeitig im Stich. Angefüllt mit neuem Optimismus ging er zurück zum Van und machte sich ein neues Bier auf.

***

Kapitel 7

Anderenorts nahmen die Ereignisse ihren Lauf. Nachdem ihr Mann weder am Abend noch am nächsten Morgen nach Hause zurückgekehrt war, hatte Clarisse Pringles schließlich doch die Polizei informiert. Diese hatte die üblichen Fragen gestellt und versucht, Clarisse zu beruhigen. Nicht dass es übermäßig nötig gewesen wäre, sie zu beruhigen. Insgeheim musste sie sich eingestehen, dass sie die Abwesenheit ihres Mannes als angenehm empfand. Und fast schon erschreckte es sie ein wenig, dass sie sich vorstellte, wie schön es wäre, wenn er permanent fortbleiben würde. Diese Empfindungen behielt sie freilich für sich. Der Polizei gegenüber war sie die besorgte Ehefrau. Die Ermittlungen zogen sich eine Weile hin. Die Bucht war abgesucht worden; ohne Erfolg. Nach Tagen erschien ein Beamter, der Clarisse in einer Art, die er für einfühlsam hielt, mitteilte, dass man sich kaum noch Hoffnung machen dürfe, in dieser Sache entscheidend weiter zu kommen. „Hier sind schon so einige ertrunken, Mam, und Ihr Mann war ja auch nicht mehr der Jüngste. Verdammt leichtsinnig, da so allein herumzuschwimmen. Und wenn man da erst mal abgetaucht ist, bleibt auch nicht viel von einem übrig."

Clarisse Pringles reagierte in den Augen des Beamten erstaunlich gefasst auf diese Mitteilung. „Sie gehen also davon aus, dass mein Mann ertrunken ist?" Der Polizist versuchte, sie teilnahmsvoll anzusehen. „Davon gehen wir aus, Mam. Es gibt keinerlei Anzeichen für ein Gewaltverbrechen, und Ihr Mann wurde nirgendwo in Palm Bay gesehen. Oder könnten Sie sich vielleicht einen Grund vorstellen, warum er Sie ohne Ankündigung verlassen haben könnte?" Clarisse, die sich einige Gründe dafür vorstellen konnte, behielt dies für sich. „In Bademantel und Latschen? Ohne Geld und Papiere? Und warum sollte er zuvor an den Strand gehen?"

„Ach ja, wir haben ja die Aussage des Gärtners, wenn man das Aussage nennen kann. Merkwürdig verschlossen, der Mann. Möchten Sie, dass wir uns ihn noch mal vorknöpfen?"

In Anbetracht des nicht ganz legalen Anstellungsverhältnisses, in dem sich ihr Gärtner Migel befand, sowie der hohen Geldstrafen, die auf die Beschäftigung von illegalen Einwanderern standen, empfahl Clarisse, davon Abstand zu nehmen. „Ich glaube, das wird nicht nötig sein. Der Mann ist zuverlässig. Ich denke, Sie können ihm glauben."

Als der Beamte gegangen war, hatte er ihr mehr oder weniger deutlich gemacht, dass die Polizei den Fall für erledigt hielt. Damit fingen aber Clarisse` Sorgen erst an. Oswald hatte bei ihrer Eheschließung auf einem Ehevertrag bestanden. Sie war mehr oder weniger mittellos in die Ehe gegangen. Sie konnte es nicht genau sagen, aber der Pringelsche Clan war groß, und irgendwo tauchte bestimmt ein Erbe auf, der Ansprüche geltend machen würde. Oswald hatte sie in dem Vertrag nur mit einer ziemlich bescheidenen Rente bedacht. Ohnehin war er immer davon ausgegangen, seine Frau zu überleben. Deshalb war es ihm verhältnismäßig leicht gefallen, für den Fall seines vorzeitigen Ablebens eine Lebensversicherung zu Clarisse` Gunsten abzuschließen; die Versicherungssumme betrug fünfhunderttausend Dollar.

Nun, es war anders gekommen. Von der Rente allein würde Clarisse nicht leben können. Das Pringelsche Vermögen einschließlich dieses pompösen Anwesens, welches sie noch nie gemocht hatte, sollten ruhig die potentiellen Erben haben. Aber sie hatte Anspruch auf die Versicherungssumme. Dieses Geld würde ihr einen ruhigen Lebensabend ermöglichen. Nicht hier in Palm Bay, wo all diese oberflächlichen, blasierten Menschen wohnten. Nein, irgendwo auf dem Land, in einem kleinen Haus mit Garten, wo sie ihr Gemüse und ihre

Blumen anbauen könnte. Irgendein bodenständiges, kleines Nest mit netten, ehrlichen Leuten.

Clarisse Pringles griff zum Hörer und wählte die Nummer der Versicherungsgesellschaft.

***

Kapitel 8

Nicolae Romanescou saß in seinem Büro. Nicht dass er gern dort gesessen hätte. Das Büro war einfach eingerichtet, um nicht zu sagen geschmacklos. An der ansonsten nackten Wand hingen eine Landkarte von Rumänien und eine Aufnahme vom Strand am Schwarzen Meer, wo Nicolae früher öfter Urlaub gemacht hatte. Die Grünpflanze in der Ecke war längst vertrocknet, und die Luft war stickig vom Zigarettenqualm. Nicolae drückte die Kippe im übervollen Aschenbecher aus. Er war mittlerweile Mitte fünfzig und sollte eigentlich weniger rauchen. Seine Gesichtszüge waren hager, fast schon etwas eingefallen. Doch die sehnige Statur und die wachen grauen Augen ließen ahnen, dass Nicolae einst ein straffes Training durchlaufen hatte, und sowohl seine Glieder als auch seine Sinne immer noch zu gebrauchen wusste. Die vom Nikotin leicht gelblich gefärbten Finger angelten nach einer neuen Zigarette.

Hätten er und Paul sich gekannt, sie hätten sicher ein gemeinsames Gesprächsthema gefunden. Denn auch die Geschäfte von *Privatdetektei Romanescou* gingen schlecht. Als Nicolae nach dem Zusammenbruch des Ceaușescu-Regimes, für das er so lange und so erfolgreich gearbeitet hatte, Rumänien den Rücken gekehrt und mit Hilfe alter Kontakte und ein wenig Glück den Weg in die Vereinigten Staaten gefunden hatte, war er voller Hoffnung auf einen Neubeginn gewesen. Als alter Securitate-Mann verfügte er über gewisse Fähigkeiten, von denen er annehmen durfte, dass sie ihm bei der Neubegründung einer Existenz durchaus dienlich sein würden. Doch von Anfang an ging seine Detektei schlecht. Nicolae musste feststellen, dass die Methoden, derer er und seine Kollegen sich im totalitären Rumänien so erfolgreich bedient hatten, im freiheitlich-demokratischen Amerika auf weit weniger Anklang stießen, als er erhofft hatte. Mehrere Male war er mit dem Gesetz in Konflikt geraten, und nur einem Mangel an Beweisen - eigentlich ein Indiz für seine Qualifikation - war es zuzuschreiben, dass er erstens noch auf freiem Fuß war und zweitens noch immer seinem Handwerk nachging. Doch sein letzter Auftrag lag nun schon Wochen zurück, und die Miete für das Büro war überfällig.

Der letzte Auftrag hatte anständiges Honorar gebracht, obwohl die Sache von Anfang an klar gewesen war. Seine Klientin hatte einen Seitensprung ihres Mannes vermutet und wollte die Scheidung. Da der Gatte aber, als sie ihn zur Rede stellte, alles abstritt, mussten Beweise her. Diese sollte Nicolae beschaffen. Ohne sich allzu lange mit den üblichen aber zeitraubenden

Beschattungen aufzuhalten, hatte er dem Mann kurzerhand und in guter alter Securitate-Manier aufgelauert und ihn vorübergehend an einen sicheren Ort verfrachtet. Der Mann war sichtlich überrascht gewesen, in eine dunkle Seitengasse gezerrt zu werden, sein Gesicht an eine schmuddelige Wand gedrückt zu bekommen und einen pistolenähnlichen Gegenstand im Rücken zu fühlen. „Ganz ruhig Freundchen, wir machen Dich jetzt nur ein wenig transportfertig. Ein Mucks und die Bullen können Dich von der Wand da abkratzen. Ich habe nur ein paar Fragen an Dich. Wenn Du die brav beantwortest, kannst Du bald wieder zu Hause vor dem Fernseher sitzen.", hörte er eine drohende Stimme an seinem Ohr flüstern. Die Stimme besaß einen unverkennbar ausländischen Akzent, aber es schien dem Mann nicht angebracht, darüber jetzt eingehender nachzudenken. Als er mit Tape gefesselt und geknebelt im Kofferraum eines Wagens lag und seinem ihm unbekannten Bestimmungsort entgegenfuhr, beschloss er, sich kooperativ zu verhalten. Nicolae war auf das Gelände einer stillgelegten Fabrik gefahren und hatte den Mann aus dem Kofferraum gezerrt. Unter Androhung einer Sonderbehandlung, die er seinem Opfer detailfreudig schilderte, und die seine ehemaligen Vorgesetzten in Rumänien mit Stolz erfüllt hätte, hatte er seinem Opfer nahegelegt, seiner Frau besser umgehend ein umfassendes Geständnis abzulegen, wenn er nicht in den Genuss eben dieser Behandlung kommen wollte. Gleichzeitig machte er ihm klar, dass es völlig ausreichend sei, wenn er dieses Geständnis erst in ungefähr zwei Wochen ablegen würde. Der Mann hatte ein solches Geständnis als das kleinere Übel betrachtet, und man war sich schnell handelseinig geworden.

Dies erklärte das saftige Honorar, dass Nicolae berechnen konnte, denn er wurde auf Stundenbasis bezahlt. Aber dieses Geld war nahezu aufgebraucht, und ein neuer Auftrag war nicht in Sicht. Gelangweilt blätterte er in der *Coastal Tribune*, dem ortsansässigen Lokalblatt. Dort gab es wieder eine Meldung über einen vermissten Mann. Nicolae hielt inne. War das nicht schon der Dritte in diesem Monat? Die ersten beiden waren, soweit sich Nicolae erinnern konnte, in der Palm Bay vermisst worden. Auch dieser Fall hier hatte sich dem Bericht zu Folge in der Nähe der Palm Bay zugetragen. Merkwürdig. Er las etwas genauer. Die Polizei ging in allen drei Fällen von Tod durch Ertrinken aus. Nicolae kannte die Palm Bay und die angrenzenden Buchten. Das war normalerweise ein ruhiger Küstenabschnitt ohne gefährliche Strömungen. Die Palm Bay war das erste von mehreren Privatressorts, in denen ausnahmslos überaus wohlhabende Leute wohnten. Nach Norden hin folgte die Clear Bay, dann die Shell Bay;

alle voneinander durch felsige Vorsprünge getrennt. Die Ressorts waren quasi Privatbesitz, aber zu den Klippen und den dort eingelagerten kleinen sandigen Abschnitten führten kleine, meist schlechte Pisten, die so gut wie nie befahren wurden. Nach Süden hin wurde diese Wohlstandsoase wieder von öffentlich zugänglichem Terrain begrenzt, welches aber ebenso nur über staubige Pisten zu erreichen war und deshalb entsprechend wenig frequentiert wurde.

Alle drei Vermissten waren ältere Männer, wohlhabend wenn nicht gar reich. Sie alle hinterließen - wenn man denn von ihrem Tod ausgehen wollte - zwar Ehefrauen aber keine Kinder.

Nicolae dachte nach. Drei Vermisste in einem Monat, mit ähnlichem Lebenshintergrund und dicht beieinander wohnhaft, das war für seinen Geschmack ein bisschen zu viel Zufall. Aber die Polizei war überlastet und sicherlich froh darüber, den Vorkommnissen eine naheliegende natürliche Ursache zuschreiben zu können. Dass die wahre Ursache für das Verschwinden der drei Männer tatsächlich fast natürlich genannt werden konnte - denn was ist natürlicher als ein hungriger Macohai - davon ahnte Nicolae freilich nichts. Er schwelgte gerade in Erinnerungen daran, dass im einstigen Rumänien weit geringere Verdachtsmomente ausgereicht hätten, um weitaus drastischere Maßnahmen der Sicherheitsorgane auszulösen, als das Telefon schrillte.

„Detektei Romanescou, Romanescou am Apparat.", meldete er sich. Am anderen Ende hätte Clarisse fast wieder aufgelegt. Die Stimme sprach mit starkem ausländischen Akzent, den sie aber nicht zuordnen konnte. Sie war uramerikanisch erzogen worden, und Teil dieser Erziehung war die Förderung einer gewissen Skepsis gegenüber allem Ausländischen gewesen. Aber sie hatte die Nummer der Detektei in den gelben Seiten gefunden, und da stand auch etwas von Securitate. Und Securitate klang so ähnlich wie Security, also Sicherheit. Und Sicherheit war auch ein ureigenstes amerikanisches Bedürfnis. Und nachdem ihr die Versicherung unmissverständlich klar gemacht hatte, dass es ohne einen Leichnam bzw. ohne einen Nachweis über dessen Verbleib keine Auszahlung der Versicherungssumme geben würde, hatte sie sich dazu entschlossen, selbst aktiv zu werden. „Guten Tag Mister Romanescou. Mein Name ist Clarisse Pringles. Ich würde Sie gern in einer dringenden Angelegenheit sprechen." Clarisse Pringles? Nicolae horchte auf. Vor seinem geistigen Auge erschien der Zeitungsartikel über den ersten Vermisstenfall. „Gern Mrs. Pringles, wann wäre es Ihnen recht?"

✳✳✳

Kapitel 9

Paul war ratlos. Zwei weitere Fehlschläge hatten ihn ein ums andere Mal an seinem Vorhaben zweifeln lassen. Seit dem letzten wieder unglücklich und nicht nach Plan verlaufenen Versuch waren drei Wochen vergangen. In dieser Zeit hatte er, teils um sich abzulenken, hauptsächlich aber um etwas Geld zu verdienen, doch wieder auf das konventionelle Geschäftsfeld von *Pauls Fishing* zurückgegriffen. Nicht besonders erfolgreich aber immerhin. Es hatte gereicht, um wenigstens ein paar der dringendsten Verbindlichkeiten zu begleichen. Allerdings fehlte immer noch das Geld, um die Außenborder wieder fit zu machen. Und so lange er den Maschinen nicht restlos trauen konnte, war an richtige Angelausflüge zu den guten Spots sowieso nicht zu denken. Den Hai hatte er auch nicht mitgenommen, da er Sharky nach den Erfahrungen der letzten Zeit nicht mehr allzu viel zutraute. So waren denn die Angler wenn nicht begeistert so doch wenigstens mit ein paar Fischen zurückgekommen. Trotzdem reichte es vorn und hinten nicht, und Paul gab sich keinen Illusionen darüber hin, dass sein Geschäft im Grunde gescheitert war. Den Hai störte das wenig. So lange er täglich seine Fischration bekam, die mittlerweile wegen der permanenten Finanznot aus Fischabfällen bestand, die Paul aus Spanish Harbour bezog, war die Welt für ihn größtenteils in Ordnung. Entsprechenden neugierigen Nachfragen dort, was er denn mit solchen Unmengen an Fischabfällen anstelle, begegnete er mit vagen Hinweisen auf eine neue Art von Köder, an der er arbeite. Nach Oswald Pringles hatte es einen Mann namens Scott Clearbridge erwischt. Clearbridge hatte sein Geld mit undurchsichtigen und wahrscheinlich halbillegalen Schneeballsystemen gemacht. Der andere war ein ehemaliger Waffenlobbyist mit Namen Roger Middlestroke gewesen. Beide waren verheiratet aber hatten keine Kinder. Darauf hatte Paul sicherheitshalber geachtet. Um beide war es wohl nicht wirklich schade, so hatte Paul sich eingeredet; und lag damit sicher nicht so sehr falsch. In beiden Fällen lief es ähnlich ab wie beim ersten Mal. Der Hai war wieder übers Ziel hinausgeschossen. Paul vertäute das Boot am Anleger. Sharky steckte den Kopf aus dem Wasser und schielte Paul an. Er wartete auf seinen Fisch. „Hier hast Du, mein Junge", sagte Paul und schüttete einen Eimer stinkiger Fischinnereien ins Wasser. Paul sah zu, wie der Hai das Zeug verschlang. Sollte das ewig so weiter gehen? Fischabfälle, im Camper schlafen, sich mit dilettantischen Anglern herumschlagen und nicht mal genug Geld haben, um die verdammten Außenborder zu reparieren? Er machte sich ein Bier auf. „Prost Sharky. Einen Versuch machen wir noch."

Kapitel 10

Der Besuch bei Clarisse Pringles war überaus interessant
gewesen, interessant und lohnend. Nicolae war nun
überzeugt, dass hier Irgendetwas nicht stimmte.
Außerdem hatte er einen lukrativen Auftrag erhalten. Er
sollte entweder Oswald Pringles ausfindig machen oder,
was wahrscheinlicher war, seinen Leichnam finden oder
zumindest, was davon möglicherweise noch übrig war.
Für Nicolae waren nun mehrere Dinge klar. Erstens hatte
Clarisse nichts mit dem mutmaßlichen Tod ihres Mannes
zu tun. Das sagten ihm seine Erfahrung und sein Instinkt.
Außerdem hatte sie - abgesehen von der
Lebensversicherung - kein Motiv. Er hatte den
Ehevertrag gesehen. Der alte Pringles hatte seine Frau
finanziell so richtig kalt gestellt. Und die Aussicht auf die
Lebensversicherung war auch kein echtes Motiv. Die
Summe war zwar beträchtlich, aber Clarisse hatte ja
bereits in gehobenen Verhältnissen gelebt, wenn auch in
Abhängigkeit von ihrem Mann. Doch nachdem was
Nicolae ihren Schilderungen (und denen ihrer Nachbarn
und Bekannten) entnommen hatte, hatte sich Clarisse an
diesen Verhältnissen nicht besonders gestört; oder
besser: Sie schien sich daran gewöhnt gehabt zu haben.
Auch deutete nichts darauf hin, dass Oswald seine Frau
schikaniert oder sonst wie drangsaliert hätte. Einfach
zwei alte Leute, die ihr Leben nicht gemeinsam sondern

nebeneinander her gelebt hatten. Sein Gespräch mit Migel verlief ebenfalls viel ergiebiger als die Unterhaltung, die die Polizei mit diesem geführt hatte. Im Gegensatz zu den offiziellen Beamten hatte sich Nicolae die Mühe gemacht, Migel auf Spanisch zu befragen. Dabei kamen ihm die Kenntnisse, die er sich damals im Spanisch-Leistungskurs der Auslandsabteilung angeeignet hatte, sehr zu Gute. Migel erwies sich als weit weniger wortkarg als gewohnt, wozu auch der Umstand beigetragen haben mag, dass Nicolae ihm ohne Umschweife eröffnete, dass er keinerlei Skrupel hätte, seinen - Migels - illegalen Status im Falle ungenügender Kooperation den zuständigen Behörden anzuzeigen. So schilderte ihm Migel, wie Mister Pringles an jenem Tag gemäß seiner Gewohnheit zum Strand gegangen war; im Bademantel und ohne jede weitere ungewöhnliche Auffälligkeit. Desweiteren erfuhr er von Migel, der normalerweise nicht nur wortkarg sondern auch etwas neugierig war, dass an besagtem Morgen niemand weiter am Strand gewesen war. Eine Tatsache, über die Migel Bescheid wusste, da er des Öfteren seine Arbeit an den Hibiskusbüschen unterbrach, um im Schatten der Mauer weiter unten eine Zigarette zu rauchen. Und von dort hatte man einen ausgezeichneten Blick auf den Strand. Daher wusste Nicolae auch, dass damals weder Boote in der Bucht gewesen waren noch sonst

Irgendjemand oder- Etwas auf dem Wasser. Etwas
schwieriger erwies sich die Befragung von Dr. Stilton.
Der Hausarzt der Eheleute Pringles berief sich zunächst
auf sein Schweigegelübde, zumal Nicolae kein offizieller
Untersuchungsbeamter wäre und der Fall quasi
abgeschlossen sei. Nach einigem Hin und Her konnte der
Doktor aber davon überzeugt werden, dass es für ihn
deutlich gesünder wäre, die gewünschten Auskünfte zu
erteilen; besonders wenn er vermeiden wollte, sich nicht
selbst in ärztliche Behandlung begeben zu müssen. „Sie
können sich mir und vor allen Ihnen selbst die Sache
bedeutend erleichtern.", sagte Nicolae, während er mit
einer Spritze und einer Ampulle zweifelhaften Inhaltes
herumspielte und einen Schritt auf den Arzt zu ging.
„Das würden Sie nicht tun.", stieß der Mediziner hinter
seinem Schreibtisch hervor. Nicolae lächelte. „Da wo ich
herkomme, haben wir noch ganz andere Sachen
gemacht. Sie haben die Wahl." Dr. Stilton starrte auf die
Spritze und beschloss, dass ihm sein persönliches
Wohlergehen weit mehr am Herzen lag als die
Vertraulichkeitsverpflichtung gegenüber seinen
Patienten. Er beschloss zu reden. So fand Nicolae
bestätigt, was er ohnehin geahnt hatte: Oswald Pringles
hatte sich in ausgezeichneter gesundheitlicher
Verfassung befunden. Insbesondere war der Arzt davon
überzeugt, dass eine halbe Meile für den Alten keine

Distanz darstellte, dass er vielmehr auch die doppelte Entfernung ohne großes Risiko hätte zurücklegen können. Es hatte keinerlei Herz-oder Kreislaufprobleme gegeben. Ein Herzinfarkt im Wasser konnte zwar nicht kategorisch ausgeschlossen werden war aber mehr als unwahrscheinlich.

Nicolae hatte versucht, Einiges über die anderen beiden Vermisstenfälle herauszufinden. Dies erwies sich als ungleich schwieriger, denn in diesen Fällen besaß er keinerlei Legitimation in Form eines Auftrages. Trotzdem konnte er - in bewährter Manier und unter Einsatz zum Teil fragwürdiger Methoden - einige Informationen zusammentragen. Weder Scott Clearbridge noch Roger Middlestroke schienen Menschen gewesen zu sein, die er gern zu seinen Freunden gezählt hätte. Beide waren typische Emporkömmlinge gewesen, die auch nach ihrem finanziellen Durchbruch nicht die Eigenschaften hatten ablegen können, die ihnen zu diesem Erfolg verholfen hatten. Beide waren auch in ihrer arrivierten Wohlstandsposition rücksichtslose und opportunistische Zeitgenossen geblieben. In ihren jeweiligen Clubs, in die sich Nicolae unter der Tarnung eines Schrottmagnaten aus Illinois vorübergehend eingeschlichen hatte, sprach man - zumindest nach einigen Drinks - durchweg abfällig über sie. Das mochte an sich nicht viel bedeuten, denn die Leute, mit denen Nicolae das zweifelhafte

Vergnügen hatte, dort zu sprechen, waren meist selbst rücksichtslos und opportunistisch. Trotzdem glaubte Nicolae den Schluss ziehen zu dürfen, dass die unzweifelhaft unsympathischen Charaktere der Herren Clearbridge und Middlestroke sich nicht wesentlich von denen ihres sozialen Umfeldes abhoben und keineswegs Motive für eventuelle Gewaltakte gegen sie lieferten.

Drei mutmaßliche Unfälle beim Schwimmen auf See, drei Unfälle innerhalb einer relativ kurzen Zeitspanne, in allen Fällen keine Leichen und keine Hinweise auf oder Motive für Gewaltverbrechen. Alle drei Opfer hatten bei ihrem Verschwinden offenbar nichts bei sich gehabt als Badelatschen, Bademantel und Badehose; kein Geld, keine Papiere, kein Gepäck. Alle drei waren trotz ihres Alters gesund und relativ fit sowie zuverlässige Schwimmer gewesen. Irgendetwas musste diese drei Fälle verbinden. Irgendeine Gemeinsamkeit, die Nicolae zwar noch nicht fixieren konnte, derer er sich aber sicher war, und die sein Instinkt ihm verriet. Aber welches Verbindungsglied sollte das sein? Gedankenvoll zündete sich Nicolae eine weitere Zigarette an und starrte auf die Landkarte seiner rumänischen Heimat, die ihm aber auch keine Impulse lieferte. Nicolae stand auf. Es war Zeit, auf die Jagd zu gehen.

***

Kapitel 11

In der Palm Bay ging das Leben der Anwohner seinen gewohnten - und bis auf die kürzlichen Vermisstenmeldungen - wenig ereignisreichen Gang. In den etwa ein Dutzend Anwesen in der Bucht wurde weiterhin Bridge gespielt, die Aktienkurse beobachtet und über das Personal gejammert. Die Bewohner lebten ihr größtenteils langweiliges und sinnentleertes Dasein weiter. Eine wohltuende Ausnahme bildete der Haushalt von Dr. Bob Drysand. Dr. Drysand war Mediziner und Biochemiker im Ruhestand. Er hatte vor einigen Jahren nach langer Forschung ein revolutionäres Präparat zur Behandlung chronischer Nierenleiden entwickelt, die Patente verkauft und eine Menge Geld gemacht. Dies ermöglichte ihm und seiner Familie eine angenehme Existenz in Palm Bay. Allerdings war Bob Drysand weit weniger egoistisch als die übrigen Bewohner der Bucht. Er hatte einen Großteil des Geldes in zwei Stiftungen angelegt. Die größere von beiden widmete sich der Krebsforschung und die zweite dem maritimen Artenschutz. Die *Drysand Maritime Foundation* war eine weltweit respektierte Organisation, deren Expertenmeinung oft und gern bei internationalen Tagungen herangezogen worden war. Der Stiftung stand seine einzige Tochter vor, Rebecca Drysand. Rebecca war Meeresbiologin, hatte ihre Studien mit

Auszeichnung abgeschlossen und frühzeitig promoviert. Sie war achtundzwanzig Jahre alt und überaus attraktiv. Ihr langes dunkles Haar und der dunkle Teint, den sie von ihrem Vater geerbt hatte, verrieten, dass die Drysands irgendwann einmal einen etwas exotischeren Vorfahren unter ihren Ahnen gehabt haben mussten. Bob Drysand liebte seine Tochter, und sie liebte ihn. Rebeccas Mutter und Bob Drysands erste Frau war vor langen Jahren an einem Nierenleiden verstorben; einer der Gründe dafür, warum sich Drysand mit aller Kraft auf die Entwicklung seines Präparates gestürzt hatte. Während der langen Jahre der Trauer um seine Frau und Rebeccas Mutter kam es ihm nie in den Sinn, sich nochmals zu verheiraten. Ohnehin steckten seine ganze Zeit und Energie in seinem Projekt, und seine ganze Liebe gehörte seiner Tochter. Aber dann war die Tochter erwachsen und ging ihrer eigenen Wege, das Projekt war erfolgreich abgeschlossen, und die Patente waren verkauft worden. Bob Drysand kam zur Ruhe und stellte fest, dass die Zeit wohl auch seine Wunden wenigstens ein Stück weit geheilt hatte. Er hoffte nicht wirklich, nochmals eine Frau wie Claire zu finden, und er war sich sicher, eine Liebe wie zu Claire nicht noch einmal empfinden zu können. Aber vielleicht war ihm wenigstens ein Lebensabend an der Seite einer guten, verlässlichen Kameradin vergönnt. Er wollte nicht allein alt werden.

Und so kam es, dass Bob Drysand im Alter von neunundfünfzig Jahren zum zweiten Mal vor den Altar trat, um die fünf Jahre jüngere Heather Linsdale zu heiraten. Er hatte Heather auf einer seiner Stiftungsveranstaltungen kennen gelernt. Genau genommen hatte sie ihn kennen gelernt. Heather hatte sich als gebildete, charmante Gesprächspartnerin von angenehmem Äußerem gezeigt. Sie schien sich gut mit seiner Arbeit auszukennen, und sie amüsierten sich prächtig. Was Bob nicht wusste war, dass Heather Linsdale quasi Stammgast auf prominenten Veranstaltungen war, um dort auf die Jagd nach betuchten Männern zu gehen. Auf diese Weise hatte sie lange Jahre ihren Lebensunterhalt bestritten, aber nun kam auch sie langsam in die Jahre, und es wurde Zeit, einen sicheren Hafen anzusteuern. Bob Drysand schien ihr ein solcher Hafen zu sein. Ihre Recherchen hatten nicht nur ergeben, dass Dr. Drysand über beträchtliches Vermögen verfügte, sondern auch dass er bis dato keinerlei Neigungen zu Eskapaden mit jüngeren Frauen gezeigt hatte. Neben dem Vermögen war dies für sie der ausschlaggebende Punkt, denn die Zeiten, in denen sie mit den ganz Jungen der Branche um die Gunst der betuchten Opfer buhlen konnte, waren längst vorbei.

Nach allem, was sie wusste, war Bob Drysand ein solider Mann.

Das alles lag jetzt knapp drei Jahre zurück. Sie waren gemeinsam nach Florida gezogen und hatten das Anwesen in der Palm Bay gekauft. Das typisch floridianische Holzhaus war von einem großzügigen, parkähnlichen Garten umgeben. Das Haus war zweistöckig und besaß eine umlaufende Veranda. Es war in den typischen Pastellfarben der Karibik gestrichen und machte einen freundlichen Eindruck. Bob Drysand wollte näher bei seiner Tochter sein, die hier in der Nähe das Stiftungsinstitut leitete. Die Ehe verlief zunächst unaufgeregt und ganz im Sinne von Bob eher kameradschaftlich. Er wähnte sich in dem Glauben, eine Frau gefunden haben, die ihm Claire zwar nicht ersetzen, ihm aber dennoch eine gute Partnerin sein konnte. Seine ihm eigene Gutmütigkeit und sein fester Glaube an das Gute im Menschen verhinderten, dass er das Spiel seiner Frau durchschauen konnte. Aber Heather Drysand war auch gut, in dem was sie tat. Sie spielte ihm die loyale Ehefrau vor, heuchelte weiterhin Interesse an der Stiftung und gab sich alle Mühe, auch Rebecca für sich einzunehmen. Doch dies wollte ihr von Anfang an nicht gelingen. Es kam zwar nie zum offenen Zerwürfnis zwischen den beiden Frauen, aber Rebecca schien mit weiblicher Intuition zu spüren, dass ihre Stiefmutter ein falsches Spiel trieb. Und mit ebenso verlässlicher weiblicher Intuition spürte Heather, dass sich hinter Rebeccas scheinbarer Höflichkeit ein scharfsinniger, misstrauischer Verstand verbarg, der sie argwöhnisch beobachtete. Zum Glück für Heather waren die Besuche Rebeccas selten, und wenn Bob seine Tochter besuchen fuhr, fand sie stets einen Vorwand, nicht mitfahren zu müssen. Bob Drysand ahnte von alledem nichts. Für ihn verstanden sich seine neue Frau und seine Tochter augenscheinlich recht gut, und mehr konnte er wohl nicht verlangen. Rebecca ihrerseits - trotz allem Misstrauens gegen ihre Stiefmutter - brachte es nicht fertig, mit ihrem Vater über ihre Besorgnisse zu sprechen. Sie wollte ihm keinen neuen Kummer bereiten, und vielleicht waren ihre Verdachte ja auch unbegründet.

Heather Drysand hatte weit weniger Skrupel, wenn es darum ging, anderen Menschen Kummer zu bereiten, und ihr eigener Mann bildete da keine Ausnahme. Sie war zu der Überzeugung gekommen, dass es ihr nicht mehr gelingen würde, Rebecca für sich einzunehmen. Und wie lange konnte sie noch auf die rücksichtsvolle Zurückhaltung der Tochter ihrem Vater gegenüber zählen? Ihr Plan von einem angenehmen Lebensabend an der Seite und auf Kosten eines gutgläubigen Narren schien in Gefahr zu sein. Heather kannte die Absichten ihres Mannes hinsichtlich seines Testaments. Nach seinem Tode sollte sein gesamtes Vermögen - einschließlich des Anwesens, auf dem sie wohnten - in die *Drysand Maritime Foundation* übergehen. Seine Tochter sollte dort auf Lebenszeit eine gut dotierte Stellung innehaben. Sie selbst sollte mit einem Anteil bedacht werden, der ihr ein arbeitsfreies wenn auch nicht übermäßig luxuriöses Leben ermöglichen würde. Aber Heather Drysands Vorstellungen von ihrem Lebensabend ließen sich nicht mit einem Dasein in einem Zwei-Raum-Appartement vereinbaren. Sie strebte nach mehr, und dafür galt es zu handeln.

Bob Drysand hatte die Zurkenntnisnahme seiner eigenen Sterblichkeit immer verdrängt. Dies lag zum Teil natürlich auch daran, dass er in früheren Zeiten nur wenig Zeit gehabt hatte, an sich selbst zu denken. Die Arbeit hatte ihn derart in Anspruch genommen, dass kaum Platz für Anderes blieb. Auch gab es früher nicht viel, was er hätte vererben können. Nun aber, da er zu Geld und zur Ruhe gekommen war, war das anders. Es war ihm wichtig, sein Engagement fortgeführt zu sehen, und er wusste, dass seine Tochter Rebecca die Richtige war, sein Werk fortzusetzen. Auch die Absicherung seiner Tochter lag ihm am Herzen. Er wollte aber, dass Rebecca ihren eigenen Weg gehen würde, und sich nicht mit der Rolle der Erbin eines großen Vermögens begnügen sollte. So war er auf den Gedanken gekommen, beides miteinander zu verbinden; das Geld also in die Stiftung zu überführen, und Rebecca dort eine gesicherte Anstellung zu garantieren. Seine Tochter unterstützte den Plan ihres Vaters voll und ganz. Einmal war sie stolz darauf, dafür sorgen zu können, dass das Werk ihres Vaters fortlebte. Zum anderen wäre ihr der Gedanke ohnehin zuwider gewesen, vom Geld ihres Vaters zu leben, und ein untätiges Dasein zu führen. Bob Drysand war stolz auf seine Tochter. Als treusorgender Ehemann wollte er natürlich auch seine Frau absichern, und die Summe, mit der er sie bedenken wollte, erschien ihm aus seiner Sicht dazu mehr als ausreichend. Soweit waren seine Gedanken gediehen, als er diese bei passender Gelegenheit seiner Frau mitteilte. Diese stellte äußerlich Verständnis und Zustimmung zur Schau, kochte aber innerlich vor Wut. Dieser alte Narr! Wen interessiert schon maritimer Artenschutz, wenn dieser Schutz mit dem ihr zustehenden Geld bezahlt werden sollte? Wenn Heather die Wahl zwischen dem drohenden Aussterben von ein paar Fischarten und ihrem eigenen, luxuriösen Wohlergehen gehabt hätte, die Wahl wäre ihr nicht schwer gefallen.

Glücklicherweise war es keine leichte Sache, die entsprechenden Verträge aufzusetzen. So etwas braucht Zeit. Bob war bereits diesbezüglich einmal beim Anwalt gewesen, um die Vorgespräche zu führen. Nun waren die Anwälte dabei, Bobs Wünsche in vertragliche Form zu bringen. Das würde einige Wochen dauern. Es galt, keine Zeit zu verlieren.

***

Kapitel 12

Die Marinebasis in South Bay war nicht besonders groß.
Hier lagen einige Schnellboote, ein alter Zerstörer und
ein paar Arbeitsboote. Die Anlagen machten einen
angejahrten und etwas schmuddeligen Eindruck. Der
kommandierende Offizier, Commander John Mac
Brighton, gab sich keinen Illusionen über seinen Status
hin. Seine Karriere war hier in eine Sackgasse geraten.
Wer hier Dienst tat, der befand sich nicht auf dem Weg
nach oben. South Bay war so etwas wie ein Abstellgleis
für Offiziere und Unteroffiziere, die zwar nicht gänzlich
unfähig waren, denen ihre Vorgesetzten aber nicht allzu
viel zutrauten, und die irgendwann in ihrer Laufbahn
etwas getan hatten, was den Unmut oder das Missfallen
dieser Vorgesetzten hervorgerufen hatte. Es wäre
vielleicht übertrieben zu sagen, dass eine Versetzung
nach South Bay einer Strafversetzung gleichkäme, aber
eine solche Versetzung signalisierte dem Betroffenen
dennoch deutlich - wenn auch auf subtile Weise - was
man von ihm hielt. Das alles führte bei den in South Bay
gestrandeten Marineangehörigen nicht gerade dazu,
ihren Diensteifer zu fördern. Die allermeisten waren
desillusioniert. Die Hauptaufgabe der Basis South Bay
bestand darin, Patrouillenfahrten in den küstennahen
Gewässern zu unternehmen, um dem auch in dieser
Gegend ausuferndem Drogenschmuggel

entgegenzuwirken und die Coast Guard zu unterstützen. Der Zerstörer war dabei wertlos, denn in den zum Teil flachen Gewässern war den schnellen Booten der Drogenschmuggler mit einem großen Schiff nicht beizukommen. Selbst die drei veralteten Schnellboote von South Bay hätten Schwierigkeiten gehabt, einem modernen Speedboot zu folgen. Allerdings ließ sich die chronisch niedrige Erfolgsquote zum Teil auch dadurch erklären, dass einige Schnellbootkommandanten zu einer gewissen Übereinkunft mit den Schmugglern gekommen waren. Es war wiederholt vorgekommen, dass einigermaßen suspekte Gestalten im *Swordfish* aufgetaucht waren. Der *Swordfish* war die Kneipe, in der die meisten Marineangehörigen von South Bay ihren Sold vertranken. Der *Swordfish* hatte keinen besonders guten Ruf, und nur wenige Zivilisten verkehrten dort. Und die wenigen, die es taten, hatten meist gute Gründe dafür. Während die meisten Militärs in South Bay den Frust über ihre de facto gescheiterte Karriere mit Alkohol bekämpften, kanalisierte sich diese Frustration bei anderen in dem Bestreben nach gewissen Nebeneinnahmen. So kam es, dass man im *Swordfish* zu fast jeder Art von Deal kommen und eine Menge Dinge kaufen konnte, die auf dem zivilen Markt zu bekommen schwierig bis unmöglich war. Und wenn zum Beispiel jemand einem Schnellbootkommandanten nahelegen wollte, gegen Zahlung eines gewissen Entgeltes zu einer bestimmten Zeit an einem bestimmten Ort *nicht* zu sein, dann war der *Swordfish* der richtige Ort dafür. Es gab auch Fischer, die ein solches Entgelt gezahlt hatten, woraufhin zwei Arbeitsboote der Basis eine turnusmäßige Munitionsbergungsübung, bei der auch das Sprengen von Blindgängern geübt wurde, zufällig genau über den Fischreusen einiger ungeliebter Kollegen abgehalten hatten. Es gab im *Swordfish* immer jemanden, der Geld brauchte und bereit war, dafür etwas zu tun.

***

Kapitel 13

Heather Drysand hatte lange gezögert, aber letztlich schien es ihr der einzige Ausweg zu sein. Sie hatte gewartet, bis es dunkel war und war dann losgefahren. Am Tag zu vor hatte sie in der Stadt einen Mietwagen genommen und diesen auf einem gut frequentierten öffentlichen Parkplatz abgestellt. So würde es nicht auffallen, wenn sie nun ihren eigenen Wagen dort abstellte und in den Mietwagen umstieg. Das geliehene Auto war ein unauffälliger Corolla. Sie hatte sich eine alte Jeans und ein kariertes Flanellhemd angezogen und trug eine dunkle Sonnenbrille. Ihre mittellangen, dunkelblonden Haare steckten unter einer kurzen, schwarzen Perücke.

Während der Fahrt nach South Bay überdachte sie noch einmal die letzten Tage. Bob war kürzlich nochmals bei seinen Anwälten gewesen, um die Vertragsentwürfe durchzusehen. Die Sache nahm also Gestalt an. Sie beschloss, dass es richtig gewesen war, nicht länger zu zögern. Sie hatte ein etwas mulmiges Gefühl bei dem Gedanken, sich in diese Spelunke zu begeben. Jeder hier kannte den üblen Ruf des *Swordfish*. Das mulmige Gefühl rührte aber weniger von der zu erwartenden unangenehmen Atmosphäre dort sondern entsprang eher der Furcht, durch einen dummen Zufall erkannt zu werden. Sie kannte solche Kneipen aus ihrer Jugend. Aber jetzt war sie kein junges Mädchen mehr mit zweifelhaften Ambitionen sondern die Gattin eines angesehenen Wissenschaftlers. Und als solche wäre es ihr schwer gefallen zu erklären, was sie im *Swordfish* zu suchen hatte und vor allem, warum sie eine Perücke trug. In ihrer Verkleidung fühlte sie sich allerdings recht sicher. Sie hoffte, sie erweckte den Eindruck einer alleinstehenden Arbeiterin, die vielleicht auf ein amouröses Abenteuer aus war, oder sich nach Feierabend einfach nur einen billigen Drink gönnen wollte. Sie überdachte nochmals ihren Plan. Es gab einige Unwägbarkeiten. Insbesondere konnte sie natürlich nicht sicher sein, den richtigen Mann für ihr Unternehmen anzutreffen. Aber sie vertraute darauf, dass sich schon Irgendetwas ergeben würde.

In South Bay angekommen stellte sie den Wagen in einer ruhigen Seitenstraße ab und ging die restlichen paar Blocks zu Fuß. Sie war etwas aufgeregt aber sagte sich immer wieder, dass alles gut gehen würde. Sie hatte ihr bisheriges Leben nach der Maxime, der Zweck heiligt die Mittel, gelebt, und die Mission, in der sie heute Nacht unterwegs war, schien ihr durchaus alle Mittel zu heiligen.

***

Kapitel 14

Sergeant John Miller (vormals Staff Sergeant) hätte von den Zielen, die er verfolgte, genau das Gleiche gesagt. Er brauchte Geld, wie immer, und Gelderwerb rechtfertigte in seinen Augen nahezu jedes Mittel. Der Sergeant konnte sich nicht erinnern, wann er jemals mit seinem Sold ausgekommen wäre. Buchmacher und Kneipenbesuche kosteten mehr, als er hatte, und so war er ständig auf der Suche nach Nebeneinnahmen. Miller war jetzt knapp Dreißig und ein unterdurchschnittlicher Soldat. Er verfügte über eine bestenfalls mittelmäßige Intelligenz und hatte nie etwas Richtiges gelernt. Nach der High School hatte er sich ohne größeren Erfolg in verschiedenen Jobs versucht. Auf dem Bau war es ihm zu anstrengend, und einen Job als Barkeeper verlor er, weil es seinem Boss auf Dauer missfiel, dass John mehr Drinks für sich selbst mixte als für die Gäste. Schließlich meldete er sich zum Militär, weil ihm das als einigermaßen gesicherte Alternative erschien. Doch von Anfang an bereitete ihm seine Vorliebe für Hochprozentiges Probleme. Nun war er in diesem gottverdammten South Bay gelandet, nachdem er auf seinem vorherigen Stützpunkt im Vollrausch vergessen hatte, das Seeventil des Bord-WCs zu schließen, nachdem er sich in selbiges übergeben hatte. Das kleine Schnellboot war vollgelaufen und im Hafen auf Grund gegangen. Sein Commander war nur wenig begeistert, als er am nächsten Morgen zum Schiff kam, und sein Boot im zum Glück nur zwei Meter tiefen Wasser auf Grund und die Bordwache im Beiboot schlafend vorfand. Miller wurde degradiert und nach South Bay versetzt. Vom Borddienst wurde er suspendiert, was dazu führte, dass er von den einträglicheren Deals, die die Besatzungen zuweilen mit kleinen Schmugglern oder Fischern abwickelten, ausgeschlossen blieb. Stattdessen schob er Wachdienst. Zum Glück entsprach die Dienstauffassung der meisten seiner Kameraden genau derseinigen, so dass es in South Bay mehr als schlampig zu ging. Diesem Umstand war es zuzuschreiben, dass man mit etwas Geschick immer mal wieder was abzweigen und gewinnbringend verscherbeln konnte. Der *Swordfish* war dafür genau der richtige Marktplatz. Letzten Monat hatte er einer zwielichtigen Gestalt eine ausrangierte M16 besorgt; zweihundert Dollar, die er gut gebrauchen konnte, um ein paar von den dringenderen Schulden zu bezahlen. Die Leute denen er Geld schuldete, hielten sich nicht lange mit Mahnbescheiden auf. Wenn man nicht einigermaßen pünktlich zahlte, konnte man sich schneller eine zertrümmerte Kniescheibe einhandeln, als einem lieb war. Gestern hatte er drei Hand-GPS-Geräte aus dem Magazin abzweigen können. Für diese suchte er nun

Abnehmer. Er machte sich nach Dienstschluss auf den Weg zum *Swordfish*.

***

Kapitel 15

Der *Swordfish* war eine heruntergekommene Kneipe. An
der Leuchtreklame draußen waren das `r` und das `d`
kaputt, und der rudimentäre Namenszug, der sich nun
wie `Swo—fish` las, flackerte nervös. Vor der Tür roch es
nach Urin. Die lange Bar nahm eine ganze Seite des
großen Raumes ein. Es gab ungefähr zehn Tische und
eine Musikbox. In der Ecke führte eine Tür zu den
Toiletten, die von den Gästen aber nur im Notfall
aufgesucht wurden. Bar und Tische waren fleckig. Die
Fenster waren nach etlichen Schlägereien, die jedes Mal
erheblichen Glasbruch mit sich gebracht hatten, mit
Brettern vernagelt worden, und in der Luft hing der
Geruch von verschüttetem Bier. Miller betrat die Kneipe
und sah sich kurz um. Er nickte einigen Kameraden zu
und ging dann an die Theke. Er hatte nicht viel Lust zu
reden, und brauchte sowieso erst mal was zu trinken.
„Ein Bier und `nen Kurzen, Bill !" Der Barkeeper stellte
die Getränke vor ihn hin. „Wie wär`s mit bezahlen,
John?"

„Schreib`s auf den Zettel. Ich hab` da was am Laufen.
Kriegst Dein Geld schon noch." Der Wirt sah John an.
John Miller hatte immer was am Laufen, wenn man ihm
Glauben schenkte, was der Barkeeper nur eingeschränkt
tat. Er kannte diese Sorte. Hatten die bessere Hälfte

ihres eh schon geringen Verstandes versoffen und waren ständig pleite. Redeten viel und taten wenig. Diese Kombination machte sie nicht nur unangenehm sondern auch ziemlich berechenbar. „Was hast Du denn am Laufen, John? So lange genug dabei rumkommt, dass Du endlich Deinen Zettel zahlst, wünsche ich Dir allen Erfolg der Welt." Die Ironie der Bemerkung entging dem Sergeant. „Ist nicht Dein Bier, oder?" Er kippte den billigen Whisky hinunter und spülte mit dem Bier nach. „Noch mal das Gleiche!" Der Wirt schenkte nach, und John nahm die Gläser mit an einen Tisch in der Ecke, von wo aus er die Eingangstür gut im Blick hatte.

Als Heather Drysand die Kneipe betrat, war es schon ein wenig belebter. An der Bar drängelten sich die Durstigen, und gut die Hälfte der Tische war besetzt. Die meisten der Gäste waren Marineangehörige aus South Bay. Einige Zivilisten waren auch da; wahrscheinlich Fischer oder Fabrikarbeiter. Es gab auch ein paar billig aussehende Mädchen, die für einen Drink gern Gesellschaft leisteten. Der Mief schlug ihr entgegen, und ihre Augen mussten sich erst an das Dämmerlicht gewöhnen. Sie war gezwungen, ihre Sonnenbrille abzusetzen, wollte sie überhaupt etwas erkennen. Nach einigem Zögern ging sie an die Theke und bestellte sich einen Gin Tonic. „Zum ersten Mal hier?", fragte der Keeper, als er den Drink vor sie hinstellte. Sie zögerte. Es hatte keinen Sinn, dem Mann, der seine Gäste wahrscheinlich alle mehr oder weniger gut kannte, etwas allzu Plumpes vorzulügen. Außerdem war ihr klar, dass der Mann hier auch so was wie ein Makler für verschiedenste Dienstleistungen war. Sie hatte genug vom *Swordfish* gehört, um zu wissen, was sich hier für Gestalten herumtrieben. Sie spürte einige neugierige Blicke auf sich ruhen, aber es war unklar, ob sie jemand von sich aus ansprechen würde. Also musste sie den ersten Schritt tun. „Bin neu in der Stadt. Habe gehört, hier kann man alle möglichen Leute treffen. Ich hätte da einen Job anzubieten." Sie bezahlte den Gin Tonic mit einem zwanzig Dollarschein und ließ das Wechselgeld auf dem Tresen liegen. Bill nahm das Geld an sich und blickte zu John Miller hinüber. „Der da drüben sucht immer einen Nebenjob. Hat auch immer Durst.", fügte er hinzu. Heather folgte dem Blick des Barkeepers. „Was trinkt er denn?", erkundigte sie sich. „Bier und Bourbon. Macht noch mal zwanzig Dollar." Er grinste und sah sie herausfordernd an. Sie nickte. Er füllte die beiden Gläser und wandte sich dann den übrigen Gästen zu. Heather nahm die Drinks und ging langsam zu John Millers Tisch hinüber. „Hab Ihnen was zu trinken mitgebracht. Darf ich mich zu Ihnen setzen?" John schaute begierig auf die Gläser und nickte. Sie setzte sich und besah sich den Mann; wie er nicht darauf wartete, ihr zuzuprosten, sondern den Whisky in einem Zug hinunterstürzte und mit einem ordentlichen Schluck Bier nachhalf. Der Mann sah ungepflegt aus. Er war mittelgroß, relativ breitschultrig und sicher kräftig. Seine Augen waren glasig und glotzten sie nun neugierig an. Er spielte mit dem leeren Whiskyglas.

„Kann ich irgendwas für Sie tun?" Ihr fiel auf, dass er sie nicht mal nach ihrem Namen fragte. Der Mann kam gleich auf den Punkt; offenbar hatte er einen Job nötig. „Ich habe gehört, Sie seien an einem Nebenjob interessiert?" John nahm einen Schluck Bier. „Kommt drauf an. Von was für einer Art Job reden wir hier?" Heather überlegte. Sie wollte ihr Anliegen zwar vorsichtig vortragen, aber andererseits musste sie ja irgendwann mal auf den Punkt kommen, wenn sie nicht sinnlos Zeit verschwenden wollte. „Ein lukrativer Job für einen entschlossenen Mann. Vielleicht einen Tag Arbeit und gute Bezahlung."

„Wie gut ?"

„Eintausend Dollar. Für jeden weiteren Tag fünfhundert Dollar."

John gelang es nicht, den gierigen Ausdruck zu verschleiern, der in seinen Augen aufblitzte. „Tausend

Eier? Muss ja `nen sehr entschlossener Typ sein, den Sie da suchen."

Heather ging nicht darauf ein. „Sind Sie interessiert?" John schob ihr sein leeres Glas hin. „Verhandelt sich besser mit einem vollen Glas, finden Sie nicht?" Er grinste. „Und ja, ich bin interessiert."

Zwei Stunden später befand sich Heather Drysand wieder auf dem Rückweg nach Palm Bay. Alle Details waren besprochen. Jetzt gab es kein Zurück mehr.

***

Kapitel 16

Nicolae schloss die Bürotür ab und ging zu seinem Wagen. Der betagte Kombi sprang wider Erwarten sofort an, und er beeilte sich, die Fenster herunter zu kurbeln, denn die Klimaanlage war kaputt. Kein Umstand den er sonderlich bedauerte, denn er hielt Klimaanlagen für eine dekadente Erfindung des verweichlichten Westens. So begnügte er sich mit dem lauen Luftzug, den der Fahrtwind durchs Auto trieb. Nicolae fuhr auf den Interstate, folgte diesem ein Stück nach Süden und bog dann auf den Zubringer nach Palm Bay ab. Er parkte den Wagen ein wenig außerhalb des vornehmen Viertels von Palm Bay. Sein alter 740iger Volvokombi wäre in den gepflegten und meist menschenleeren Straßen sicher aufgefallen. Nicolae kam sich in kurzen Jogginghosen, Turnschuhen und mit Kopfhörern ein wenig albern vor, doch war ihm keine unauffälligere Tarnung eingefallen. Auf dem Rücken trug er einen kleinen Sportrucksack. Darin waren eine Flasche Wasser, ein Fernglas, ein kleiner Fotoapparat, ein spezielles Multitool und sein Notizbuch. Er fiel in einen leichten Trab. Er wählte zunächst einen Weg, der ihn am Pringleschen Anwesen vorbei führte. Noch einmal wurde ihm klar, dass es für einen Fremden, der Böses im Schilde führte, mehr als schwierig war, sich einem dieser Häuser unbemerkt zu nähern. Er folgte dem Parkway, der hinter den strandseitigen Anwesen die ganze Bucht entlang lief. Überall die gleiche sterile Ruhe und Abgeschiedenheit. Er wendete, lief durch die Parallelstraße zurück, durch einige weitere Nebenstraßen und stand schließlich auf einem Parkplatz am Strand. Die eigentliche Palmbay lag nun hinter einem klippigen Felsvorsprung etwas nördlich von ihm. Auf dem Parkplatz stand ein grauer Dodge Van. Kein Mensch war zu sehen. Nicolae trabte an dem Van vorbei, und sprang einer inneren Eingebung folgend mit einer schnellen Bewegung hinter eine der Klippen in Deckung. Dort lag er regungslos und beobachtete den Van. Nichts rührte sich. Er war sich nicht sicher, ob in dem Fahrzeug jemand saß oder nicht. Die Fenster waren allesamt hochgekurbelt, und es schien ihm unwahrscheinlich – sollte sich jemand im Wagen befinden – dass dieser Jemand dies bei dieser Hitze mit geschlossenen Fenstern tun sollte. Die hinteren Fenster waren mit Vorhängen verhangen. Am Auto lehnte eine Angelrute, daneben stand ein alter Eimer.

Kurze Zeit später fuhr ein zweiter Wagen langsam auf den Parkplatz. Es war ein alter Ford, der auch schon bessere Tage gesehen hatte. Der ehemals weiße Lack war an vielen Stellen mit Rostschutzfarbe überpinselt, und es gab zahlreiche Dellen und Kratzer. Auf dem Dach des Fords war ein Surfbrett festgeschnallt. Der Ford fuhr einen kleinen Bogen auf dem staubigen Parkplatz und hielt dann ein Stück neben dem Van. Ein Mann stieg aus; mittelgroß, kräftig, kurzgeschnittenes Haar. Nicolae sah angestrengt durch den Feldstecher. Der Mann sah sich um. Dann ging er zu dem Dodge hinüber und einmal um diesen herum. Er blickte in die Fahrerkabine, besah sich dann die Angelrute und den alten Eimer und ging schließlich zu seinem Fahrzeug zurück. Er öffnete die Heckklappe. Der Mann zog seine Shorts und sein Shirt aus und legte die Sachen in den Kofferraum. Diesem entnahm er daraufhin, wie Nicolae durch sein Fernglas deutlich sehen konnte, einen Neoprenanzug und streifte sich diesen über. Dann schloss er den Kofferraum, ging noch mal zur Beifahrertür, kramte im Handschuhfach herum und verschloss dann den Wagen. Der Mann nahm sein Surfbrett, blickte sich nochmals um und ging dann in Richtung Strand.

Nicolae wartete, bis er außer Sicht war. Dann ging er vorsichtig zu beiden Autos hinüber. Er war nun sicher, dass auch in dem Van niemand saß. Er spähte durch die Fenster beider Autos konnte aber nichts Auffälliges entdecken. Er zögerte kurz. Dann ging er in die Richtung, die der Mann mit dem Surfbrett eingeschlagen hatte. Am Strand war niemand mehr zu sehen. Auf dem winzigen sandigen Abschnitt zwischen den Felsen standen ein Paar Badelatschen und ein Paar Turnschuhe. Schon ein ziemliches Stück weit draußen sah er jemanden auf einem Surfbrett liegend paddeln. Nicolae setzte sein Glas an die Augen und beobachtete den Surfer. Es ging heute eine leichte Dünung in die Bucht hinein, und der Surfer entschwand immer wieder seinen Blicken, wenn er hinter den Kamm einer Welle geriet. Nachdenklich setzte Nicolae das Glas ab. Dann ging er zurück zum Parkplatz. Noch immer war kein Mensch zu sehen. Nicolae nahm ein drahtähnliches Werkzeug aus seinem Rucksack und ging zu dem Dodge Van. *„Auch schwache Verdachtsmomente rechtfertigen drastische Maßnahmen."*, erinnerte sich Nicolae, hatte es damals im Ausbildungshandbuch geheißen. Und die beiden heruntergekommenen Autos waren im Moment alles, was er an Verdachtsmomenten hatte. So öffnete er geschickt zunächst die Fahrertür. Er kletterte auf den Sitz und zog sie vorsichtig hinter sich zu. Das Cockpit war verstaubt, und es lagen einige leere Bierdosen auf dem Boden herum. Nicolae fand nichts, was sein Interesse geweckt hätte. Er stieg aus, verschloss die Tür wieder und ging zur Heckklappe. Dort wiederholte sich die Prozedur. Im Ladebereich des Van wäre Nicolae beinahe in eine große, übelriechende Kunststoffwanne gefallen, die gut halb voll mit Wasser war. Er fluchte leise. An der Seitenwand hingen ein paar Seile und ein Flaschenzug. In einer Ecke lag eine große, dreckige Plane zusammen geknüllt auf dem Boden. Im Wagen hing ein penetranter

Fischgeruch. Nicolae hielt die Luft an, kletterte vorsichtig aus dem Wagen und verschloss die Tür. Nachdem er sich vergewissert hatte, dass immer noch niemand in der Nähe war, durchsuchte er auch den alten Ford. Es war ebenfalls eine unordentliche, verdreckte Karre. Schon glaubte Nicolae, auch hier keinen Anhaltspunkt für Irgendetwas zu finden, da erblickte er im Handschuhfach ein Foto. Er betrachtete das Bild. Es zeigte einen älteren Mann, etwas graumeliert und gutaussehend. Der Mann stand mit einigen anderen vor einem großen Gebäude. Im Hintergrund prangte ein Schild. Auf dem Schild stand Drysand Maritime Foundation. Davon hatte er schon gehört. Nicolae legte das Foto auf den Sitz neben sich und holte seine kleine Kamera aus dem Rucksack. Er fotografierte das Bild ab und legte es dann zurück an seinen Platz. Aber da war noch etwas im Handschuhfach. Unter altem Snickerspapier und einem halben, in Klarsichtfolie eingewickelten Schinkensandwich lag ein Scheck. Nicolae besah ihn sich genauer. Der Scheck lautete über fünfhundert Dollar und war ausgestellt von einer Heather Drysand.

Nicolae verschwendete keine Zeit damit, darüber nachzugrübeln, was das Foto und der Scheck in diesem alten Ford zu bedeuten hatten. Darüber konnte er später noch nachdenken. Nicolae schrieb den Namen und die Schecknummer in sein Notizbuch und fotografierte auch den Scheck. Er stieg aus, verschloss den Wagen und notierte sich die Nummernschilder der beiden Fahrzeuge. Dann ging er nochmals zum Strand. Es war niemand zu sehen, und der Surfer war außer Sicht. Er schätzte die Schuhgrößen der Badelatschen und der Turnschuhe und verfiel dann wieder in den leichten Trab eines Joggers, dessen Runde sich dem Ende nähert, und lief zu seinem eigenen Wagen zurück. Er startete den Volvo und hatte es eilig, in sein Büro zu kommen. Es gab Einiges zu tun.

***

Kapitel 17

Heather war spät nach Hause gekommen. Sie hatte sich ihrer Verkleidung bereits auf dem Parkplatz entledigt, als sie den Mietwagen abgestellt hatte und in ihr eigenes Auto umgestiegen war. Ihr Mann schlief bereits, als sie sich leise neben ihn ins Bett legte. Sie würde ihm am nächsten Tag etwas von einem Besuch bei einer ihrer Freundinnen erzählen, der sich etwas in die Länge gezogen hatte. Bob fragte bei solchen Gelegenheiten nie groß nach, und sie war sich sicher, dass er keinen Verdacht schöpfen würde. Er kam gar nicht auf die Idee, dass ihn seine eigene Frau belügen könnte.

Heather überdachte noch einmal den Abend im *Swordfish*. Der Mann, den sie angeheuert hatte, war ein Idiot. Aber er war ein Idiot, der Geld brauchte, und mit solchen Menschen ließ sich ihrer Erfahrung nach gut arbeiten. Sie hatte ihm genaue Instruktionen gegeben. Sie hatte ihm den Parkplatz und die Bucht beschrieben. Sie hatte ihm sicherheitshalber ein Foto ihres Mannes mitgegeben, damit dieser ungehobelte Sergeant nicht etwa aus Versehen den Falschen erwischte. Sie hatte ihm erklärt, dass Bob oft und gern in der Bucht schwimmt, meistens vormittags. Leider konnte sie ihm keine präziseren Angaben machen, da sich Bob immer recht spontan entschloss und seine Ausflüge zum Strand recht unregelmäßig unternahm. Sie hatte ihm einen Scheck über fünfhundert Dollar als Anzahlung ausgestellt. Im Erfolgsfall würde es weitere fünfhundert sowie gegebenenfalls das Zusatzhonorar für weitere Einsatztage geben. Der Mann hatte gegrinst und so getan, als ob der Job bereits erledigt war. Er schien kein Problem mit der Art des Auftrages zu haben. Ihr sollte es recht sein. Mit dem beruhigenden Gefühl, alles in die Wege geleitet zu haben, schlief sie schließlich ein.

Der nächste Morgen sollte genauso komplikationslos verlaufen, wie Heather sich das vorgestellt hatte. Bob stellte wie erwartet keine weiteren Fragen wegen ihres späten Heimkommens. Auch die beiden nächsten Tage verliefen friedlich. Am dritten Tag verkündete er, noch vor dem Frühstück eine Runde schwimmen gehen zu wollen; ein Vorhaben, welches Heather nach Kräften unterstützte. „Eine sehr gute Idee, Bob. Das hält Dich in Form, und wenn Du zurück bist, werde ich das Frühstück vorbereitet haben. Ich hoffe, Du bringst einen ordentlichen Appetit mit!" Da klingelte es an der Tür. Bob Drysand öffnete in Badehosen.

„Rebecca, Liebes, wie schön Dich zu sehen!". Der Vater umarmte seine Tochter. „Komm rein. Ich war gerade auf dem Weg zum Strand. Danach gibt es Frühstück. Du bleibst doch zum Frühstück? Aber nein, ich kann auch ein anderes Mal schwimmen. Frühstücken wir lieber gleich! Heather, sieh nur wer da ist!"

Heather kam die Treppe vom Schlafzimmer herunter. Sie hatte schon mitbekommen, wer da war, und hätte auf diese Überraschung gut verzichten können. Stattdessen sagte sie: „Hallo Becci, wie geht es Dir?" Rebecca hasste es, wenn ihre Stiefmutter sie Becci nannte. „Hallo Heather, danke, es geht mir gut. Ich war in der Nähe und wollte Dad überraschen. Ich hoffe, ich störe nicht."

„Stören? Was für ein Unsinn! Nicht wahr Heather? Ich sagte gerade zu Rebecca, dass ich eben eigentlich noch fix zum Strand wollte aber später gehe, und wir gleich frühstücken."

„Nein Dad, ist schon okay. Geh nur. Ich weiß doch, dass Dir das Schwimmen gut tut. Wir frühstücken, wenn Du zurück bist."

„Eine fabelhafte Idee.", heuchelte Heather. „Wir beiden Frauen bereiten das Frühstück vor, und Du gehst schwimmen. Da können wir mal ein bisschen von Frau zu Frau reden, nicht wahr Kleines? Aber sei bitte vorsichtig Bob! Du weißt, dass in letzter Zeit hier ein paar Unfälle passiert sind. Übertreib es nicht, Liebling!"

Rebecca hasste es noch mehr, wenn ihre Stiefmutter sie Kleines nannte, aber sie wollte ihrem Vater die Freude nicht verderben. „Ja, klar. Machen wir." Bob Drysand freute sich, dass sich seine beiden Frauen scheinbar so gut verstanden. „Macht Euch keine Sorgen. Bin gleich zurück." Und beglückt machte er sich auf den Weg zum Strand, während Heather und Rebecca in die Küche gingen.

***

Kapitel 18

Sergeant Miller lag auf seinem Surfbrett und paddelte mit den Händen angestrengt vorwärts. Er stellte nach ein paar Dutzend Metern nun schon zum dritten Mal in dieser Woche fest, dass seine körperliche Fitness seit der Grundausbildung durch mangelnde Bewegung und übermäßigen Alkoholgenuss nicht besser geworden war. Die Dünung und der leichte, auflandige Wind machten ihm die Sache auch nicht leichter. Er versuchte, einen Kurs zu halten, der ihn von seinem Startpunkt an den Klippen ungefähr eine Viertelmeile in die Bucht hinaus bringen würde; dorthin, wo er dem Anwesen der Drysands in etwa gegenüber liegen würde. „Der verdammte Bastard könnte ruhig etwas öfter schwimmen gehen.", dachte er sich, und verfluchte damit zum wiederholten Male Dr. Drysand und seine unregelmäßigen Schwimmgewohnheiten. Miller fragte sich, wie oft er noch hier in der Bucht herumschippern konnte, ohne Verdacht zu erregen. Verdrossen paddelte er weiter und dachte dabei an die Kohle, die ihm der Job noch einbringen würde. Wenn die Alte ihren Mann unbedingt loswerden wollte, sollte sie auch ordentlich dafür blechen. Ihm war heiß in seinem Neoprenanzug, und er überlegte, ob er kurz runter vom Brett und ins Wasser sollte. Aber dann entschied er sich dagegen, weil er den Strand nicht aus den Augen lassen wollte.

Außerdem war er noch nicht auf seiner Lauerposition angelangt. Mit mittlerweile müden Armen paddelte er weiter.

Miller konnte nicht ahnen, dass seine angestrebte Position bereits besetzt war. Ähnlich frustriert ob Bob Drysands Unzuverlässigkeit, wenn es darum ging, ihn am Strand anzutreffen, dümpelte Paul ebenfalls auf einem Surfbrett vor sich hin. Wenigstens hatte Paul Gesellschaft. Der Hai schwamm träge um das Brett herum und schielte zuweilen zu ihm herauf. Paul hatte sich dieses Mal nicht um allzu sorgfältige Recherchen gekümmert. Er wusste nur, dass Bob Drysand Geld hatte, mehr oder weniger regelmäßig schwimmen ging, und fortgeschrittenen Alters war; und das reichte ihm. Paul ging davon aus, dass Drysand höchstwahrscheinlich ein ähnliches Ekelpaket war, wie die letzten Kandidaten. Er hatte langsam die Nase voll von der Plackerei mit dem Flaschenzug, von der Herumkutscherei mit dem Hai, von dem Fischgeruch und ein bisschen von dem ganzen Plan. Er wollte die Sache endlich zu Ende bringen. Diesmal sollte nichts schiefgehen. Nachdem Sharky in seiner Pflichterfüllung bereits drei Mal etwas übertrieben hatte, wollte Paul dieses Mal dicht am Geschehen sein, um eine Wiederholung dieser Patzer zu verhindern. Außerdem würde er auf diese Weise schneller am Opfer sein, um seine dramatische Rettungsaktion durchzuziehen. Er döste vor sich hin. Dann regte sich drüben am Strand etwas. Paul starrte hinüber. Ja, das musste der alte Drysand sein. Er sah, wie der Mann am Ufer langsam ins Wasser stieg und losschwamm. „Auf geht`s, Sharky.", ermunterte er den Fisch und paddelte dem Schwimmer entgegen. Ungefähr zweihundert Meter trennten sie. Er wollte warten, bis der Mann mindestens hundert Meter hinaus geschwommen war. Paul wurde in der Dünung auf und nieder getragen, so dass er den Mann immer wieder kurzzeitig aus den Augen verlor. Außerdem musste er darauf achten, den Hai vorerst noch dicht bei sich zu halten. Langsam paddelte er weiter.

Auch Sergeant Miller hatte den Mann am Ufer gesehen. „Verdammt! Erst kommt der Bastard gar nicht und dann zu früh!", fluchte er. Er war noch ein gutes Stück von der Stelle entfernt, an der er dem Schwimmer eigentlich auflauern wollte. Dafür war jetzt keine Zeit mehr. Miller änderte seinen Plan sowie seinen Kurs und hielt direkt auf Drysand zu. Auch er verlor durch die leichte Dünung immer wieder den Sichtkontakt. Sowohl durch sein angestrengtes Spähen in Richtung Drysand als auch durch die Wellen entging ihm somit, dass er nicht der Einzige war, der auf den ahnungslosen Schwimmer zusteuerte.

Auch Paul wähnte sich aus eben denselben Gründen allein - abgesehen von Drysand und dem Hai natürlich. Beide Surfbretter hielten in einem Winkel von etwas weniger als neunzig Grad auf den Schwimmer zu. Dieser schwamm geradewegs aufs Meer hinaus. So bildeten die Drei ein nahezu gleichseitiges Dreieck, dessen Seiten sich zunehmend verkürzten.

Dr. Bob Drysand ahnte von all dem nichts. Er liebte es, im Meer zu schwimmen, und wenn er es tat, konzentrierte er sich ganz und gar darauf. Mit kräftigen Stößen zog er seine Bahn. Noch etwa fünfzig Meter dann würde er wenden. Plötzlich erblickte er zwei Wellenkämme entfernt zu seiner Rechten Irgendetwas im Wasser. Er hielt kurz inne und sah genauer hin. Sah aus wie ein Surfer, der auf seinem Brett paddelte. „Bisschen wenig Welle heute.", dachte sich Drysand und schwamm weiter. Dann wurde er doch etwas stutzig. Der Mann auf dem Board hielt direkt auf ihn zu. Nur noch vielleicht fünfzig Meter trennten sie. „Hallo! Brauchen Sie Hilfe?", rief er ihn an. Der Surfer gab keine Antwort und paddelte weiter in seine Richtung.

Sergeant Miller paddelte, was seine Arme hergaben, und das war nicht mehr übermäßig viel. „Wenn der alte Mistkerl jetzt kehrt macht, muss ich ihm auch noch hinterherschwimmen.", dachte er sich und erhöhte nochmals seine Schlagfrequenz. Aber Drysand machte nicht kehrt. Noch zwanzig Meter, dachte sich Miller, dann würde er seinen Job erledigen, und das war`s. Mit dem Alten würde er keine Schwierigkeiten haben. Eine Weile unter Wasser getaucht und festgehalten; aus und vorbei. Ein tragischer Unfall. Sergeant Miller mobilisierte die letzten Reserven und bereitete sich auf den Angriff vor.

Im Gegensatz zu Miller hatte Paul das Tempo etwas gedrosselt. Zu dicht durfte er nun auch wieder nicht ran. Noch ungefähr fünfzig Meter. „Komm alter Junge, mach Deine Sache gut!", motivierte er Sharky ein letztes Mal. Dann schlug er dreimal aufs Wasser. Der Hai, der mit seiner feinen Sensorik - die Augen einmal ausgenommen - den Schwimmer längst bemerkt haben musste, schoss davon. Paul beobachtete, wie die Rückenflosse durchs Wasser schnitt und den Abstand zu Drysand schnell verringerte. Allerdings schien Sharky nicht ganz auf Kurs zu sein. Für Pauls Empfinden steuerte der Hai zu weit nach links. Paul verfluchte den Fisch. Da hörte er einen Ruf: „Hallo! Brauchen Sie Hilfe?" Wer? Er? War er entdeckt? Paul blickte sich um, und zu seinem großen Erstaunen sah er einen weiteren Surfer auf einem Brett paddeln. Der andere paddelte direkt auf Drysand zu. Er war viel näher dran als er selbst, vielleicht noch knapp zwanzig Meter entfernt. Es konnten nur noch Sekunden sein, bis die beiden sich trafen. Was war hier los?

Miller paddelte wie besessen. Er war jetzt so dicht dran. Es konnte nichts mehr schief gehen. Es dauerte nur Sekunden, bis ihm dies als fataler Irrtum bewusst wurde. Aus dem Augenwinkel sah er, wie etwas von rechts auf ihn zukam. Er wendete den Blick und sah voller Entsetzen eine dreieckige Flosse das Wasser wie ein Messer zerteilen. Die Flosse hielt direkt auf ihn zu. Die Flosse kam blitzschnell näher. Sergeant Miller hatte keinerlei Zweifel dahingehend, was unter Wasser zu der Flosse gehörte. Seine letzten Gedanken galten sich selbst, als er sich dafür verfluchte, noch nicht einmal den Scheck über die fünfhundert Dollar eingelöst zu haben, der immer noch im Handschuhfach seines Wagens lag. Als sich das Wasser wieder beruhigte, schwamm an der Stelle, die soeben noch die letzte Stellung von Sergeant - ehemals Staff Sergeant - John Miller repräsentiert hatte, nur ein in zwei Hälften durchgebissenes Surfbrett. Um die beiden Hälften kreiste langsam die Rückenflosse eines Hais.

Knapp zwanzig Meter vor sich, genau da, wo der Mann auf seinem Surfbrett immer noch auf ihn zu paddelte, sah Bob Drysand, wie auf einmal Wasser aufspritzte, und irgendetwas Heftiges im Gange zu sein schien.

Erschrocken hielt er inne. Er starrte hinüber. Nur Sekunden später war alles vorbei. Irgendein Gegenstand schwamm da jetzt herum; nein, zwei Stücke von Irgendwas. Sah aus wie ein zerbrochenes Surfbrett. Und dann sah er die Flosse. Bob Drysand war wie gelähmt vor Schreck. Es war ein Riesenunterschied, ob man sicher auf seiner Veranda saß, und sich mit seiner Tochter, der Meeresbiologin, über das richtige Verhalten bei einem Zusammentreffen mit einem Hai unterhielt, oder ob man dieses theoretische Wissen dann im Wasser und in der Gegenwart eines solchen Monstrums anwenden sollte. Vor Schreck erstarrt tat Bob Drysand gar nichts, und das war das Klügste, was er machen konnte.

Er hätte sich weniger Sorgen zu machen brauchen. Sharky schwamm träge und satt im Kreis und gab ab und zu einer der Surfbretthälften einen kleinen Schubs. Er hatte getan, was er am besten konnte und hoffte zu Hause auf die fällige Belohnung. Kurzzeitig war er etwas verwirrt gewesen, weil ihm sein leicht eingeschränktes Sehvermögen wie gewöhnlich entweder nur unscharfe Zielobjekte offenbarte oder aber gar Duplikate derselben vorgaukelte. Seinem Instinkt folgend, hatte er sich spontan für das lebhaftere Objekt entschieden, das ihn von unten zumindest entfernt an eine Robbe erinnerte. Seine Entscheidung hatte sich als richtig erwiesen, und ihm einen Volltreffer beschert.

Entsetzt hatte Paul beobachtet, wie das Wasser an der Stelle, an der der andere Paddler unterwegs war, plötzlich aufspritzte, und der Mann danach verschwunden war. Sharky! Verdammt! Aber jetzt war keine Zeit zu verlieren. Sharky war immer noch in der Nähe des alten Mannes, und Paul war entschlossen, dieser Pechsträhne nicht noch ein fünftes Opfer folgen zu lassen. Wie besessen paddelte er in Rekordzeit zu Bob Drysand hinüber. „He Mister, verhalten Sie sich ganz ruhig! Nicht bewegen! Da ist ein Hai in der Nähe. Ich helfe Ihnen!" Gleichzeitig schlug er mit seiner Hand in regelmäßigen Abständen aufs Wasser; das eintrainierte Zeichen für Sharky, zu den Klippen zurück zu schwimmen. Sicherheitshalber verpasste er Sharky noch einen kräftigen Knuff in die Seite. Diesmal machte der Fisch zum Glück das, was sie einstudiert hatten. Als Paul bei Bob Drysand ankam, war die Rückenflosse verschwunden. „Sind Sie okay, Mister?" „Ja, ich bin in Ordnung, danke.", antwortete der immer noch schockierte Drysand. „Glauben Sie, er ist weg? Da war noch ein anderer Mann. Ich glaube, den hat`s erwischt."

„Ja, habe ich gesehen. Aber zu spät. Ich konnte erst eingreifen, als ich sah, dass der Hai auf Sie zu schwamm. Aber jetzt kommen Sie erst mal weg hier. Ich bringe Sie aus dem Wasser. Halten Sie sich am Surfbrett fest."

Und so gelangten Sie sicher an Land. Paul half dem alten Mann ins Haus zu kommen. Bob Drysand war sichtlich mitgenommen. „Um Himmels Willen, Daddy, was ist passiert? Du siehst ja ganz blass aus!", rief ihm Rebecca erschrocken entgegen, als ihr Vater, gestützt von Paul, ins Haus trat. „Ich bin um ein Haar von einem Hai angegangen worden, aber ich bin okay. Aber ich weiß nicht, was passiert wäre, wenn mir dieser junge Mann nicht geholfen hätte. Ich glaube, er hat mir das Leben gerettet. Oh, bitte entschuldigen Sie, mein Name ist Bob Drysand, und das ist meine Tochter Rebecca. Wie heißen Sie, junger Mann?"

Paul bekam die Frage nicht mit. Er starrte Rebecca an. Sie war das Schönste, was er je gesehen hatte. Er starrte in ihre Augen, auf ihr langes Haar, auf ihre schlanke, hochgewachsene Gestalt, dann wieder in ihre Augen. Diese Augen! Trotz der Besorgnis um ihren Vater, die sich darin widerspiegelte, blickten diese Augen wach und intelligent.

„Junger Mann, wie heißen Sie bitte? Ich muss doch wissen, wem ich mein Leben zu verdanken habe.", wiederholte Bob seine Frage. Paul, der sich langsam bewusst wurde, dass er triefend nass und in alten, nicht besonders modischen Badehosen vor der Frau seines Lebens stand, kehrte widerstrebend in die Wirklichkeit zurück. Zu seinen Füßen bildete sich langsam eine Wasserpfütze. Verlegen und mit Mühe riss er sich vom Anblick dieses Mädchens los. „Entschuldigen Sie bitte", stammelte er, „Paul Stanton. Nicht der Rede wert. Hätte jeder getan."

„Wohl kaum Mister Stanton, wohl kaum. Aber wie unhöflich von mir: Bitte, ziehen Sie sich oben um, und bleiben Sie zum Frühstück. Nicht wahr Rebecca, wir wollen den jungen Mann kennenlernen, der Deinen alten Vater den Haien entrissen hat. Nehmen Sie vorerst mit ein paar trockenen Sachen von mir vorlieb, Mr. Stanton? Rebecca, wo ist denn Heather?", sprudelte es aus dem alten Mann heraus.

Rebecca sah Paul zum ersten Mal richtig an. Bis hierher hatte ihre ganze Aufmerksamkeit ihrem Vater gegolten. Ein mittelgroßer Mann, Anfang dreißig vielleicht. Er machte einen sympathischen, etwas schüchternen Eindruck. Vielleicht wäre eine Rasur angebracht gewesen. Aber was sie sonst noch so von Paul sah, gefiel ihr durchaus. „Natürlich, Mister Stanton, es wäre uns eine große Freude. Ich hole Ihnen trockene Sachen." In diesem Moment kam Heather aus der Küche. „Bob, was ist denn passiert?" Bob erzählte kurz, was geschehen war. „Aber ich werde das gleich noch ausführlich berichten, wenn wir unserem Gast trockene Sachen und ein anständiges Frühstück verabreicht haben. Das ist Paul Stanton. Paul, meine Frau Heather." Heather bedachte Paul mit einem Blick, von dem sie hoffte, dass er wenigstens so etwas Ähnliches wie Dankbarkeit zum Ausdruck brachte. In Wirklichkeit hätte sie den Mann erwürgen können. Wie kam er dazu, ihren mühevoll in die Gänge gebrachten Plan zu vereiteln! Aber was war das mit dem Hai? Der war nicht Bestandteil ihres Planes gewesen. Heather zwang sich zur Ruhe.

„Sehr angenehm", murmelte Paul, „aber es tut mir leid. Ich kann nicht bleiben. Dringende Angelegenheiten, wissen Sie." Er war sich bewusst, wie unglaubwürdig diese Entschuldigung war, aber er dachte an den Hai, der hoffentlich irgendwo bei den Klippen herumschwamm. Der Fisch musste schnellstmöglich aus dem Wasser, bevor es in der Palm Bay noch zu weiteren Verlusten kam. Außerdem bemerkte er, dass es ihm in der Gegenwart Rebeccas ohnehin kaum möglich sein würde, etwas Geistreiches von sich zu geben.

Bob Drysand war untröstlich. „Das ist zu schade. Aber so leicht kommen Sie uns nicht davon, Paul. Wir bestehen darauf, dass Sie uns am kommenden Samstag zum Diner besuchen. Nicht wahr Heather, wenigstens das sind wir Mister Stanton schuldig? Rebecca, Du wirst es doch einrichten können am Samstag?"

Paul versprach, am Samstag gegen achtzehn Uhr zum Diner zu kommen. Er war froh, endlich gehen zu dürfen und machte sich eilends auf den Weg zu seinem Van. Zu seiner Erleichterung fand er Sharky wirklich bei den Klippen schwimmend vor. Niemand sonst ließ sich blicken. Dass mittlerweile ein alter Ford neben seinem Van parkte, beunruhigte ihn nur kurzzeitig. Er setzte den Van zurück und lud Sharky in gewohnter Manier in seine Wanne. Nichts wie weg hier! Als er endlich ein wenig zur Ruhe kam, überfiel ihn eine heiße Welle der Erregung. Er würde in drei Tagen mit der absolut perfekten Frau zu Abend essen. Paul Stanton hatte sich bis über beide Ohren verliebt.

Das Frühstück bei den Drysands verlief nur äußerlich entspannt. Bob erzählte seiner, wie er vermutete, zugleich besorgten und erleichterten Frau nochmals haarklein die ganze Geschichte. Heather versuchte, sich den Anschein teilnahmsvoller Aufmerksamkeit zu geben, was ihr nur unter großen Mühen gelang. Während sie offenbar voller Mitgefühl dem Bericht ihres Gatten lauschte und die eine oder andere tröstliche Bemerkung von sich gab, rasten ihre Gedanken wie wild durcheinander. Was war da passiert? Offenbar hatte ein Hai diesen dämlichen Miller erwischt. Hatte Bob mitbekommen, dass Miller ein bezahlter Killer war, und ihm ans Leder wollte? Seinem Bericht zufolge eher nicht.

Und was wollte dieser Paul in der Bucht? Alles nur Zufall? Oder steckte mehr dahinter? Bobs Schilderungen entnahm sie, dass der Hai um ein Haar auch ihn erwischt hätte. Wäre dieser Stanton nicht dazwischen gekommen, wäre ihr Problem also gelöst gewesen. Verflucht! Den Tod Sergeant Millers bedauerte sie keine Sekunde. Im Gegenteil: Miller konnte nichts mehr sagen. Ein Risiko weniger. Da fiel ihr siedend heiß der Scheck ein. Wie dumm von ihr, den Mann nicht bar bezahlt zu haben. Hatte Miller den Scheck schon eingelöst? Sie würde das bei ihrer Bank erfragen. Aber was nun? Sie konnte schlecht noch einmal in den *Swordfish* gehen und einen zweiten Killer anheuern. Sie musste nachdenken. Mit der Entschuldigung, sich von diesem Schock etwas erholen zu müssen, zog sie sich zurück und verbrachte die nächsten Stunden grübelnd im Schlafzimmer. Bob Drysand besprach mit seiner Tochter derweil, welche Vorbereitungen für das Diner am Samstag zu treffen waren.

***

Kapitel 19

Nicolae Romanescou hatte einige geschäftige Tage
hinter sich. Er hatte viel telefoniert, und wenn ihm die
Sache zwar immer noch längst nicht klar war, so hatte er
doch zumindest so etwas wie eine Spur. Es war nicht
einfach gewesen, die gewünschten Informationen
zusammenzutragen. Aber schließlich war er
Privatdetektiv. Er wusste jetzt, dass der Van auf einen
Paul Stanton zugelassen war. Ledig, Anfang Dreißig.
Stanton betrieb ein kleines Touristengeschäft mit
seinem Angelboot. Das Geschäft ging nicht gut, wie man
ihm in der *Hog Fish Bar* erzählte. Als Adresse gab
Stanton seinen Bootsanleger an. Dort wohnte er
anscheinend in einem schäbigen Camper. Was Stanton
in der Nähe der Palm Bay zu suchen hatte, war nicht
ganz sicher. Dem Anschein nach wollte er wohl angeln.
Allerdings musste Stanton ein sehr optimistischer Angler
sein, denn die Wanne im Van reichte aus, um ungefähr
eine Tonne Fisch abzutransportieren.

Der alte Ford gehörte einem John Miller. Miller war
Sergeant bei der Navy in South Bay. Im *Swordfish* musste
Nicolae etliche Gläser billigen Fusels trinken und diese
großzügig mit einhundert Dollar bezahlen, ehe der Wirt
etwas gesprächiger wurde. Ja, Miller hätte sich hier wie
schon öfter mit Jemandem getroffen; einer Frau, Alter

schwer zu sagen; vielleicht Mitte fünfzig. Ja, Miller hatte ständig Geldsorgen und ja, die Frau hatte Irgendwas von einem Nebenjob geredet. Um was es da gegangen war, könnte er nicht sagen. Er hätte die Frau zu John hinüber geschickt, und das war`s. Und nein, John Miller war seit diesem Abend nicht mehr in der Kneipe aufgetaucht.

Für Nicolae war das eine ganze Menge. Weiterhin hatte er herausbekommen, zu wem das Scheckbuch gehörte. Einer Heather Drysand, Frau von Dr. Bob Drysand, wohnhaft in der Palm Bay. Und er wusste nun, dass der Mann auf dem Foto tatsächlich Bob Drysand war; wie vermutet. Wieso lagen ein Scheck über fünfhundert Dollar ausgestellt von einer Ehefrau und ein Foto von deren Mann im Handschuhfach des Wagens eines notorisch geldknappen und trunksüchtigen Sergeants, der sich kurz zuvor mit einer unbekannten Frau offenbar über Nebenjobs unterhalten hatte? Und wieso parkte das Auto dieses Miller nur einen Steinwurf von der Palm Bay aber zwei Stunden Fahrt von der Marinebasis entfernt? Warum war der Scheck nicht eingelöst worden? Und wieso war Miller jetzt verschwunden? Der Sergeant war nicht zum Dienst erschienen, und niemand wusste etwas über seinen Verbleib. Aber wenn er sich entschlossen hätte, den Dienst spontan zu quittieren, dann doch sicherlich nicht, ohne vorher den Scheck einzulösen. Viele Fragen. Aber Nicolae brauchte

Antworten. Er musste seiner Klientin bald etwas vorweisen. Irgendetwas sagte ihm, dass auch dieser Fall mit den früheren Begebenheiten in der Palm Bay zu tun hatte. Er beschloss, in Ermangelung konkreterer Hinweise etwas aufs Geratewohl herumzustochern. Nicolae griff zum Hörer und wählte die Nummer der Drysands. „Hallo Mister Drysand, mein Name ist Romanescou. Ich habe hier etwas, was Sie interessieren dürfte. Wenn Sie nichts dagegen haben, werde ich Sie demnächst mal besuchen." Er legte den Hörer auf in der Hoffnung, den alten Mann weniger erschreckt als vielmehr neugierig gemacht zu haben. Das würde ein interessanter Besuch werden.

***

Kapitel 20

Paul Stanton war aufgeregt. Dann wurde er nervös, dann freute er sich kurzzeitig, und dann wurde er wieder auf unangenehme Weise aufgeregt und blieb es auch. Es war Samstagvormittag, und er stand in der winzigen Nasszelle seines Campers. Er betrachtete sich selbstkritisch im Spiegel. Er hatte sich rasiert, hatte sich die Haare gewaschen, und so gut es ging auf Vordermann gebracht. Trotzdem bildete er sich nicht ein, allzu viel herzumachen. Eine Rasur und gewaschene Haare machten doch noch lange keinen gestandenen Mann aus ihm! Was hatte er diesem Mädchen denn schon zu bieten? Spätestens wenn sie herausfände, dass er in einem Wohnmobil auf einem Parkplatz lebte und quasi pleite war, würde sie ihn sicher keines Blickes mehr würdigen. War ja auch lächerlich, sich einzureden, er könnte sie irgendwie für sich gewinnen. Und was würde erst werden, wenn herauskam, dass er nicht ganz zufällig in der Bucht gewesen war? Dass der Hai, der beinahe ihren Vater verschlungen hätte, quasi sein Hai war? Das durfte auf keinen Fall passieren. Paul versuchte, sich wieder auf die unmittelbaren Probleme zu konzentrieren. Was sollte er anziehen? Er hatte keine rechte Vorstellung davon, was Millionäre und deren Frauen und Töchter in der Palm Bay zum Diner trugen. Er wusste nur, dass von den paar Sachen, die er hier herum liegen gehabt hatte, ganz gewiss keine in Frage gekommen waren. So hatte er den gestrigen Tag damit verbracht, zunächst sein Fernglas in die Pfandleihe zu bringen. Es war ein gutes Glas, und er hatte einhundertfünfzig Dollar dafür bekommen. Mit diesem Geld hatte er versucht, sich ein passendes Outfit zuzulegen. Er hatte niemanden, den er um Rat hätte fragen können, so dass er stundenlang durch diverse Geschäfte gestreift war. Zuletzt hatte er sich für helle, legere Hosen, braune Schuhe und ein weißes Hemd entschieden. Für ein Sakko hatte das Geld nicht mehr gereicht. Die letzten zwanzig Dollar hatte er für Blumen ausgegeben. Nun betrachtete er sich in den neuen Sachen und hoffte inständig, er würde sich nicht zu Tode blamieren. Der ursprüngliche Plan, nämlich eine Belohnung für die „Rettung" herauszuschlagen, spielte im Moment keinerlei Rolle mehr. Pauls Gedanken kreisten einzig und allein um Rebecca. Gleichzeitig wusste er, wie hoffnungslos das alles war. Sie war gebildet und erfolgreich, stammte aus gutem Hause und war wunderschön. Und er dagegen? Ein mittelloser, gescheiterter Mann, der versucht hatte, mit Hilfe eines Hais ihren Vater zuerst zu Tode zu erschrecken, wobei dieser vielleicht beinahe gefressen worden wäre, und der dann die Absicht gehabt hatte, dafür auch noch eine Belohnung zu kassieren. Paul hasste sich in diesem

Moment selbst. Wie konnte er nur geglaubt haben, mit dieser abstrusen Idee Erfolg haben zu können? Okay, er blieb dabei, um die anderen Opfer war es wohl nicht allzu schade gewesen. Aber jetzt hätte es beinahe den Falschen erwischt: einen gutherzigen Mann und Vater, dessen Tochter er liebte. Paul beschloss, sollte er jemals die Gelegenheit dazu bekommen, alles wieder gut zu machen. Er zog sich wieder aus und seine alten Sachen wieder an. Er wollte die neuen Klamotten nicht schmutzig machen, wenn er gleich Sharky seine tägliche Ration Fischabfälle bringen würde. Danach würde er den Van, so gut es ging, reinigen. Er wollte auf keinen Fall mit einem ihm anhaftenden Fischgeruch beim Diner erscheinen.

***

Kapitel 21

Im Hause Drysand waren die Vorbereitungen zum Diner getroffen. Heather war nie eine gute Köchin gewesen, so hatte es Rebecca zur Freude ihres Vaters übernommen, alles zu arrangieren. Sie hatte den Vormittag über ihre Einkäufe gemacht und dann etliche Stunden in der Küche verbracht. Es duftete nach Fisch, Limonensaft und etwas Knoblauch. Bob Drysand steckte den Kopf zur Küchentür hinein. „Das riecht aber schon sehr lecker, Liebes."

„Danke Dad, aber ein bisschen dauert es noch. Wann sagtest Du, kommt unser Gast?"

„Gegen achtzehn Uhr. Wie findest Du ihn?"

„Ich habe ihn ja kaum gesprochen. Aber okay, bevor Du weiter bohrst: Ich finde ihn ganz nett." Bob schmunzelte. Er kannte seine Tochter. Es dauerte, bis sie jemanden `ganz nett` fand. Trotz ihrer Attraktivität hatte sie nicht allzu viele Bekanntschaften gehabt. Das lag daran, dass sie mit den meisten ihrer Verehrer nichts anfangen konnte. Selten war mal einer dabei gewesen, der es geschafft hatte, in ihr wirkliches Interesse zu wecken. Das hatte nichts mit Arroganz ihrerseits zu tun; die meisten Menschen waren ihr schlichtweg zu oberflächlich und zu langweilig. Außerdem vergrub sich

Rebecca für seinen Geschmack viel zu oft in ihrer Arbeit. Eine junge Frau sollte einen anständigen Freund haben.

„Du wirst Dir doch etwas Nettes anziehen, oder?", stichelte sie ihr Vater. „Dad, bitte, ich bin schon groß. Und Du sollst aufhören zu versuchen, mir meine Freunde auszusuchen! Aber keine Sorge, ich werde Dir schon keine Schande machen", stichelte sie zurück.

Bob Drysand lachte und ließ seine Tochter mit ihren Töpfen allein. Er würde mal nachsehen, wie weit seine Frau mit ihren Vorbereitungen war. Als er gegangen war, musste sich Rebecca aber eingestehen, dass sie mehr als einmal an den schüchternen und seltsam verlegenen jungen Mann gedachte hatte, für den sie hier das Abendessen zubereitete. Und sie musste sich eingestehen, dass Paul Stanton in Badehosen eine gute Figur machte. Sie versuchte, sich wieder auf die Thunfischsteaks zu konzentrieren.

Heather war dabei, den Tisch zu decken. Erst hatte ihr die Einladung zum Diner überhaupt nicht geschmeckt. Aber nunmehr hielt sie das gemeinsame Essen für eine gute Gelegenheit, diesem Stanton unauffällig etwas auf den Zahn fühlen zu können. Sie musste heraus bekommen, ob er nur zufällig in der Bucht gewesen war, oder ob mehr dahinter steckte. Oder ob dieser vermaledeite Miller vor seinem unzeitgemäßen Ableben gar noch irgendeine Dummheit ausgeplaudert hatte, die sie belasten konnte. Außerdem würde es eine gute Gelegenheit sein, sich als gute und vor allem dankbare Ehefrau zu präsentieren. Nun, da ihr Plan vorerst gescheitert war, und sie noch keinen neuen hatte, war es wichtig, über jeden Zweifel erhaben zu sein. Zumal Rebecca auch anwesend sein würde. Sie hatte daher beschlossen, so gut es ging, zum Gelingen des Abends beizutragen. Sorgfältig arrangierte sie Teller, Besteck und Gläser, stellte Blumen auf den Tisch. „Wie hübsch, Liebling.", sagte Bob, als er das Esszimmer betrat. „Und damit meine ich sowohl den Tisch als auch Dich."

„Vielen Dank, Bob. Ich bin froh, dass es Dir gefällt. Oh Bob, wenn ich nur daran denke, was Dir alles hätte geschehen können, läuft es mir immer noch ganz kalt den Rücken runter." Und überzeugend schluchzend umarmte sie ihren Mann. „Es ist ja alles gut gegangen. Ich werde in Zukunft eben vorsichtiger sein müssen."

Obwohl Vorsicht genau das Gegenteil von dem war, was sie sich von ihrem Mann wünschte, behielt Heather diese Sicht der Dinge für sich. „Natürlich Bob, natürlich wirst Du das. Aber nun lass uns nicht mehr von diesen schrecklichen Dingen sprechen. Unser Gast müsste bald hier sein, und Du willst Dich doch sicher noch umziehen." Bob Drysand verschwand in Richtung Ankleidezimmer, und Heather legte sich ihre Taktik für diesen Abend zurecht, während sie die Kerzen auf dem Tisch anzündete.

***

Kapitel 22

Paul schämte sich etwas, als er den Van in der gepflegten Auffahrt zu Bob Drysands Haus parkte. Der Dodge wirkte wie ein Fremdkörper in dieser Wohlstand atmenden Umgebung. Das Waschen und Putzen hatte nicht so sehr viel genutzt. Der Fischgestank war zwar größtenteils verschwunden, aber der Dodge blieb, was er immer gewesen war: eine alte, rostige und verbeulte Karre. Dem Desinfektionsmittel, mit dem er Fahrerkabine und vor allem Laderaum bearbeitet hatte, zumindest teilweise misstrauend, verabreichte sich Paul sicherheitshalber noch einen weiteren Spritzer Eau de Toilette. Er nahm die Blumen, ging zögernd die Auffahrt hinauf und klingelte an der Tür.

„Wie schön, dass Sie da sind, Paul. Ich darf Sie doch Paul nennen? Kommen Sie herein!", wurde er von Bob Drysand begrüßt. „Heather, Rebecca, Mister Stanton ist da." Und freudig erregt geleitete der alte Mann seinen Gast durch die Halle. Paul stand betreten da und wusste nicht so recht, was er sagen sollte. „Vielen Dank nochmals für die Einladung, Sir.", erschien ihm eine halbwegs unverfängliche Bemerkung zu sein. „Bitte, lassen Sie doch den `Sir` weg. Nennen Sie mich Bob! Ah, da sind ja meine Frauen. Heather, Rebecca, bitte begrüßt meinen Retter!"

Verlegen schüttelte Paul zuerst Mrs. Drysands und dann
- viel zu lange - Rebeccas Hand. Er wusste nicht recht,
wem er die Blumen geben sollte. Einen ersten Impuls
unterdrückend empfand er dann doch, dass es wohl
angemessener war, den Strauß der Dame des Hauses zu
überreichen. „Bitte sehr, kleine Aufmerksamkeit.",
murmelte er, während er die Blumen Heather in die
Hand drückte.

„Oh, wie aufmerksam von Ihnen. Vielen Dank. Ich werde
eine Vase holen." Sie verschwand im Nebenraum. „Und
ich werde den Wein holen. Rebecca, geleitest Du
unseren Gast ins Esszimmer?"

Paul hatte - wie immer wenn er sich in Rebeccas Nähe
befand - nichts davon mitbekommen. Er starrte sie
bewundernd an. Sie trug ein leichtes, fröhliches
Sommerkleid, welches ihre schlanke Gestalt umspielte.
Ihre Haare fielen offen über ihre nackten Schultern
herab, und als einzigen Schmuck trug sie um ihren Hals
eine schlichte aber geschmackvolle Kette. Paul war
überwältigt.

„Mister Stanton, oder darf ich Sie auch Paul nennen?"
holte ihn Rebecca in die Wirklichkeit zurück. „Kommen
Sie mit, oder soll ich das Diner hier in der Halle
servieren?", versuchte sie, auch ihre Verlegenheit zu

überspielen. Sie spürte natürlich seine bewundernden Blicke. Bewundernde Blicke war sie freilich gewohnt. Aber es war merkwürdig: Was sie sonst eher amüsiert bis uninteressiert zur Kenntnis genommen hatte rief dieses Mal ein anregendes Kribbeln im Bauch hervor.

„Oh, entschuldigen Sie bitte. Ja, sehr gern. Bitte nennen Sie mich Paul." Das Kribbeln wurde etwas stärker. „Okay, dann bin ich für Sie aber bitte Rebecca. Kommen Sie!"

Sie gingen zusammen ins Esszimmer, wo Bob Drysand mittlerweile den Wein entkorkte. Heather brachte die Blumen und stellt sie auf den Tisch. „Sind sie nicht hübsch?"

Der alte Drysand hob die Flasche gegen das Licht. „Sollte gut zum Fisch passen.", meinte er. „Sie mögen doch hoffentlich Fisch?" Paul dachte an Sharkys tägliche Ration Fischabfälle und unterdrückte eine entsprechende Bemerkung. Ohnehin verspürte er keinen Hunger. Er hatte stattdessen einen dicken Kloß im Hals. Er spürte, wie ihm kalter Schweiß aus den Achselhöhlen lief. Sein Mund war trocken. Rebecca saß ihm direkt gegenüber. „Etwas Wein, Paul?", fragte Drysand.

Paul hätte sich lieber mit einem kalten Bier beruhigt, aber er unterdrückte auch diesen Impuls. „Ja, gern, und ein Glas Wasser bitte."

Rebecca servierte das Diner. Beim Essen rekapitulierte Bob nochmals die Geschichte seiner Rettung, und Heather wartete auf eine Gelegenheit, etwas Verdächtiges oder Auffälliges an diesem merkwürdigen jungen Mann zu entdecken. Paul entspannte sich langsam etwas, und ihm gelang die eine oder andere Bemerkung, die er für hoffentlich nicht ganz vertrottelt hielt. Rebecca lächelte ihm zu.

„Und was machen Sie so, Paul, wenn sie nicht gerade Leute vor hungrigen Haien retten?", schaltete sich Heather in das Gespräch ein.

Schlagartig war sein Mund wieder trocken. Was sollte er sagen? Dass er pleite war? Dass er in einem Wohnmobil wohnte? Was sollte Rebecca von ihm denken? „Ich bin in der Tourismusbranche. Fahre mit Leuten zum Fischen raus.", versuchte er, zu viele Details zu vermeiden. Er trank einen Schluck Wasser. „Oh, sehr interessant. Da sind Sie viel an der frischen Luft. Und treffen wahrscheinlich auch die unterschiedlichsten Leute." Paul wollte gerade sagen, dass es eigentlich immer die gleiche Sorte Leute war, die er traf. Menschen, die mit möglichst wenig Aufwand möglichst große Fische fangen wollten, und sich dabei ein bisschen vorkamen, wie eine Mischung aus *Der alte Mann und das Meer* und afrikanischer Großwildjäger. Da ließ ihre nächste Frage seinen Mund gleich wieder trocken werden.

„Und paddeln Sie öfter mit dem Surfbrett hier in der Bucht herum?", setzte Heather ihre Befragung fort. „Nein, eigentlich nicht; purer Zufall.", nuschelte Paul, und schob sich schnell ein großes Salatblatt in den Mund, um nicht weiterreden zu müssen.

Bob Drysand rief aus: „Aber ein glücklicher Zufall, nicht wahr, dass Sie gerade an diesem Tag hier unterwegs waren! Darauf sollten wir anstoßen! Auf Paul Stanton, auf den glücklichen Zufall und auf meine Rettung!"

Sie stießen an und tranken. Paul würgte sein Salatblatt herunter und lobte das Essen. Rebecca freute sich über das Kompliment und lächelte. Bob Drysand blickte verstohlen seine Tochter an. Er kannte dieses Lächeln. Sie mochte den jungen Mann. Dass dieser junge Mann bereits bis über beide Ohren in seine Tochter verliebt war, hatte er sofort gesehen. Bob lächelte ebenfalls. Da klingelte es an der Tür.

„Erwartet Ihr noch Jemanden?", fragte Drysand verwundert und blickte erst zu Heather und dann zu Rebecca. Er ging zur Tür und öffnete. Ein Mann mit leicht fremdländischem Äußeren stand davor. „Habe ich die Ehre, mit Dr. Drysand zu sprechen? Mein Name ist

Nicolae Romanescou. Ich hatte Sie angerufen. Bitte verzeihen Sie, dass ich unangemeldet komme, aber ich denke, wir sollten uns unterhalten." Bob erinnerte sich an den Anruf. Das war vor ein paar Tagen gewesen. Er hatte die Sache als Missverständnis abgehakt und ganz vergessen. Verwirrt trat Bob beiseite und ließ den Fremden herein. „Ich habe Gäste, Mister Romanescou. Meine Frau, meine Tochter und ein Freund der Familie. Wir sind gerade beim Diner."

„Das trifft sich gut, Dr. Drysand. Ich bin mir sicher, dass Ihre Frau ebenfalls äußerst interessiert sein dürfte an dem, was ich zu sagen habe." Nicolae hatte beschlossen, ein wenig zu bluffen. Dies war seine einzige Spur, und er musste etwas Druck ausüben. Vielleicht lag er völlig falsch, und der Schuss ging ins Leere, aber er hatte keine Wahl. Seine Klientin wollte Ergebnisse sehen, und ihm lief die Zeit davon. Das Foto und der Scheck hatten ihn zu den Drysands geführt, und in der Auffahrt parkte der Dodge, den er bereits auf dem Strandparkplatz gesehen hatte. Das musste doch etwas bedeuten! „Hier entlang zum Esszimmer?" Ohne auf eine Antwort zu warten, ließ er Bob stehen und ging in Richtung der Stimmen, die er aus dem Nachbarraum hörte. Bob eilte ihm nach. „Guten Abend Ladies und Gentlemen. Nicolae Romanescou, Privatdetektiv. Für mein unangemeldetes Erscheinen habe ich mich bereits bei Dr. Drysand entschuldigt. Ich störe wirklich nur ungern, aber wenn Sie mir freundlicherweise ein paar Fragen beantworten würden, sind Sie mich schnell wieder los. Ich untersuche eine Reihe rätselhafter Vermisstenfälle hier in der Palm Bay." Nicolae machte eine Pause, um die Wirkung seiner Worte auf die Anwesenden zu beobachten. Die schöne, junge Frau schaute verwirrt zu ihrem Vater; das war sicher Drysands Tochter. Drysand selbst stand verdattert da. Der junge Mann am Tisch senkte den Blick und nahm einen Schluck Wasser. Nicolae glaubte, Schweißperlen auf seiner Stirn zu bemerken.

„Was fällt Ihnen ein, hier so hereinzuplatzen?" Die ältere Frau war die erste, die ihre Sprache wiederfand. „Mrs. Drsyand, darf ich annehmen?" Nicolae deutete eine Verbeugung an. „Schön, dass Sie fragen. Kommt Ihnen das hier bekannt vor?" Er zog das Bild von Bob Drysand aus der Jackentasche, das er im Wagen von John Miller fotokopiert hatte und reichte es ihr. Er beobachtete die Frau, als sie das Bild nahm und es besah. Sie schien kurz zu zögern, fing sich dann aber wieder. „Ein Bild meines Mannes; natürlich kommt mir das bekannt vor. Sie haben die Frechheit, hier unangemeldet und unerwünscht hereinzuschneien, nur um mir ein Bild meines Mannes zu zeigen, und unverschämte Fragen zu stellen?" Nicolae lächelte. „Nun ja, ich habe bereits mein Bedauern über die Umstände meines Erscheinens zum

Ausdruck gebracht. Ich dachte nur, Sie hätten vielleicht eine Erklärung dafür, wie dieses Foto in das Handschuhfach des Wagens eines gewissen Sergeant John Miller gekommen ist. Haben Sie den Namen schon mal gehört?" Er wartete. Er sah, wie es im Gesicht der Frau arbeitete. Aber sie hatte sich gut in der Gewalt. Alle schauten auf Heather.

„Ich habe nicht die geringste Ahnung. Woher soll ich wissen, warum irgendwelche Leute ein Foto meines Mannes bei sich tragen? Und nein, ich habe den Namen dieses Mannes noch nie gehört. Wenn diese Fragen Ihre Entschuldigung dafür sein sollen, hier einzudringen und uns zu belästigen, dann sollten Sie besser sofort wieder gehen. Oder wir rufen die Polizei. Bob!"

„Vielleicht nicht ganz so eilig, verehrte Mrs. Drysand. Ihren Mann wird es gewiss ebenso interessieren wie mich, warum außer dem Foto auch noch ein Scheck über fünfhundert Dollar im Handschuhfach gelegen hatten. Im Handschuhfach des Wagens eines Mannes, den Sie - wie Sie sagen - nicht kennen. Ein Scheck von Ihnen ausgestellt. Soll ich Ihnen die Schecknummer vorlesen?"

Heather Drysand schluckte und atmete spürbar schneller. Sie sprang auf und stieß dabei ihr Weinglas um. „Sie unverschämter Kerl! Bob, so tu doch etwas. Muss ich mir diese Fragen gefallen lassen?"

„Heather, was hat das alles zu bedeuten?", stammelte Bob verständnislos. Er sah seine Frau an, dann Nicolae. „Lieber Dr. Drysand, bitte gestatten Sie, dass ich Ihnen diese Frage beantworte." Alle Blicke waren auf Nicolae gerichtet. Die Sache fing langsam an, ihm Spaß zu machen. Um das Eis endgültig zu brechen, musste er aber noch ein bisschen höher pokern.

„Fassen wir zusammen: Im Handschuhfach des Wagens von Sergeant John Miller fanden sich sowohl ein Foto von Dr. Bob Drysand als auch ein Scheck über fünfhundert Dollar; ausgestellt von seiner Frau Heather. Millers Auto parkte auf einem einsamen Parkplatz nahe der Palm Bay; ungefähr zwei Autostunden von seinem Stützpunkt entfernt. Ganz schön weiter Weg, nur um ein wenig zu planschen, wo es doch auch in South Bay Strände gibt, finden Sie nicht? Miller entstieg dem Wagen, legte einen Neoprenanzug an, nahm ein Surfbrett und paddelte in die Bucht hinaus. Ich sage Ihnen, was das bedeutet: Miller hat wohl einen kleinen Nebenjob angenommen, und er wurde dafür von Ihrer Frau bezahlt, stimmt es nicht, Gnädigste?"

Bevor Heather antworten konnte, sprang Rebecca ebenfalls auf. „Du niederträchtiges Scheusal! Ich habe immer geahnt, dass Du nur hinter Daddys Geld her warst. Du wolltest ihn umbringen lassen!"

Heather hatte mittlerweile kein Gespür mehr für vorsichtiges Taktieren und ließ alle Zurückhaltung fahren. Sie griff nach der Weinflasche und holte aus. „Sie unverschämter Dreckskerl! Was mischen Sie sich in fremde Angelegenheiten!" Nicolae nahm sich nicht die Zeit, darauf zu antworten. Angesichts des drohenden Wurfgeschosses unternahm er eine geschickte Ausweichbewegung. Die Flasche - ein guter Jahrgang - verfehlte ihn knapp und zerschmetterte den teuren venezianischen Spiegel hinter ihm; ein Einrichtungsgegenstand, der ohnehin nie wirklich mit dem ansonsten eher schlichten Stil des Hauses harmoniert hatte, und der nur auf eindringliches Insistieren Heathers angeschafft worden war. Der 84iger *Chateau de Mar* war unwiderruflich verloren. Heather verschwendete keinen Moment darauf, dem Spiegel oder dem Wein hinterher zu trauern. Realisierend, dass ihr erster Angriff fehlgeschlagen war, bewaffnete sie sich mit einer Salatgabel und stürzte sich auf Nicolae. „Es wird Ihnen noch leidtun, hier aufgekreuzt zu sein!" Nicolae bereitete sich auf die Abwehr der Attacke vor, aber Rebecca kam ihm zuvor. „Du Scheusal, Du hast versucht meinen Vater umzubringen!" Paul musste einsehen, dass seine Traumfrau auch eine eher vehemente Seite besaß. Rebecca machte Anstalten, sich auf Heather zu stürzen. Dazu ließ es Paul nicht kommen. In dem Versuch, Rebecca vor Ungemach zu schützen, ging er ritterlich zwischen die beiden Frauen und fiel Heather in die Arme. Die Salatgabel stach ins Leere. „Lassen Sie mich los, Stanton!", schrie sie. Derweil erstarrte Bob Drysand im Angesicht des sich entwickelnden Chaos`, unfähig, aus der Situation irgendwelche Schlüsse zu ziehen. Paul hatte alle Mühe, die beiden Frauen auseinanderzuhalten. Heather trennte sich nur widerstrebend von der Salatgabel. „Ja, Du vorlautes Gör! Ich wollte Deinen Vater loswerden, diesen alten Langweiler. Glaubst Du wirklich, ich hatte vor, den Rest meines Lebens damit zuzubringen, mir dieses entsetzliche Gewäsch über Stiftungen und Artenschutz anzuhören?" Es gelang Paul schließlich, Heather auf ein Sofa zu verfrachten. Rebecca warf ihr einen hasserfüllten Blick zu.

„Stanton? Paul Stanton?", fragte ein sichtlich erstaunter Nicolae. Paul sah zu ihm hin. „Ja, warum?" Nicolae überlegte. Was machte der Mann hier? „Nichts, ich wollte nur sicher gehen, dass der Dodge da draußen Ihnen gehört. Der Dodge, den ich bereits auf einem gewissen Parkplatz am Strand unweit von hier gesehen habe; zufälligerweise an dem Tag, an dem auch das Auto des seligen Sergeant Miller dort parkte. Und Sie, Dr. Drysand, rufen jetzt besser die Polizei. Diesen Wunsch hatte Ihre Gemahlin ja bereits am Beginn unserer kleinen Unterhaltung geäußert. Nicht wahr, Mrs. Drysand?"

Diese hatte ihre Meinung offensichtlich geändert. „Die Polizei?", kreischte sie. „Wozu die Polizei ? Ihr könnt mir nichts beweisen! Aber macht doch was Ihr wollt!", fügte sie wenig logisch hinzu.

Bob, immer noch sichtlich schockiert, griff zum Hörer.

Rebecca wandte sich an Nicolae. „Mr. Romanescou, was wollten Sie mit Ihrer Frage nach Mr. Stantons Van andeuten? Vielleicht wissen Sie nicht, dass er an jenem Tage in der Bucht Surfen war, und meinem Vater bei dieser Gelegenheit das Leben rettete?" Nicolae blickte sie interessiert an. „So, wie hat er das gemacht? Hat er den Killer auf dem Surfbrett einfach so verschwinden lassen?"

„Nein, er hat den Hai verjagt, der meinen Vater vermutlich angegriffen hätte. Ich finde, das ist keine Kleinigkeit." Dabei sah sie voller Stolz zu Paul hinüber, der immer noch damit beschäftigt war, Heather auf dem Sofa in Schach zu halten.

„Ein Hai? Wie überaus interessant.", meinte Nicolae. Sein Hirn arbeitete auf Hochtouren. Männer verschwanden spurlos, ein Killer und ein Hai, ein Lebensretter, der auf Little Turtle Key wohnte aber in der Palm Bay schwimmen ging; wie passte das zusammen?

Bevor Nicolae seine Gedankengänge beenden konnte, fasste Paul einen Entschluss. Er musste dem Detektiv zuvorkommen. „Rebecca, darf ich Sie einen Moment sprechen? Allein?" Rebecca nickte. Sie verließen den Raum und gingen in Richtung Strand. Heather - ihrer Wache entledigt - spielte kurz mit dem Gedanken an Flucht. Aber in diesem Moment klingelte es erneut, und nachdem Bob geöffnet hatte, betraten zwei Polizeibeamte den Raum.

***

Kapitel 23

Rebecca und Paul blieben einen sehr langen Moment am Strand. Paul wollte die Frau seines Lebens nicht belügen. Und war etwas zu verschweigen nicht auch eine Form der Lüge? Er erzählte ihr alles. Er begann mit dem Verlust seiner Eltern. Er erzählte, wie er es trotz aller Mühen nicht geschafft hatte, ein erfolgreiches, kleines Geschäft aufzubauen. Er erzählte vom ewigen Geldmangel. Er verschwieg auch nicht, dass er in einem schäbigen Wohnmobil lebte und pleite war. Und dann erzählte er von der Begebenheit mit dem Hai, wie sie sich quasi kennengelernt hatten, und wie er versucht hatte, mit Hilfe des Fisches frischen Wind in sein Geschäft zu bringen. Er berichtete, wie auch dies gescheitert war; wie er dann auf die Idee mit den Millionären gekommen war. Er erzählte von den ersten Fehlschlägen und dann, wie er gesehen hatte, wie der Hai den Mord an ihrem Vater vereitelt hatte, indem er den Killer verschlang. Er gestand, dass seine angebliche Rettungstat wahrscheinlich gar keine gewesen war, denn erstens war Sharky nach dem Killer satt und damit ungefährlich gewesen und zweitens hatte für ihn - Paul - sowieso kein Risiko bestanden, denn der Hai war ja sein Hai. Er erzählte, wie er sich selbst das Versprechen abgenommen hatte, alles wieder gutzumachen, wenn er je die Chance dazu bekommen würde. Und er endete damit, wie er sich auf den ersten Blick in sie verliebt hatte. Dann saß er da und blickte zu Boden. Er erwartete nicht, dass Rebecca noch ein einziges Wort an ihn verlieren würde. Lange Zeit schwiegen sie. Dann fühlte er, wie Rebecca seine Hand ergriff. „Paul. Du hast einige Dinge falsch gemacht. Aber Du wirst die Gelegenheit zur Wiedergutmachung bekommen. Denn auch ich habe mich in Dich verliebt."

Ein heißes Glücksgefühl durchflutete Paul. Er sah sie an, und ihre Blicke trafen sich. Und dann lagen sie einander in den Armen und küssten sich sehr, sehr lange.

***

Letztes Kapitel

Das alles lag jetzt einige Wochen zurück. Die Polizei hatte alle Beteiligten noch am Tage des Diners befragt und schließlich eine wütend zeternde Heather abgeführt. Diese hatte den versuchten Mord an ihrem Mann schließlich gestanden und würde verurteilt werden. Bob Drysand begann, sich von dem Schock über die Erkenntnis, dass seine zweite Ehe nichts als eine Farce gewesen war, und dass seine Frau versucht hatte, ihn zu ermorden, zu erholen. Dabei half ihm die Gewissheit, dass seine Tochter glücklich verliebt war. Seiner Wesensart treu bleibend und stets das Gute im Menschen sehend war er überzeugt, dass Paul Stanton trotz seiner Verfehlungen ein guter Mensch war und seiner Tochter ein guter Mann sein würde. Er, Rebecca, Paul und auch der Detektiv hatten beschlossen, die düstere Geschichte von Pauls und Sharkys ersten Fehlversuchen für sich zu behalten. Sowohl Bob als auch Rebecca hatten die Opfer gekannt, und obwohl beide weit davon entfernt waren, irgendeinem Menschen etwas Schlechtes zu wünschen, so konnten sie doch nicht umhin, sich einzugestehen, dass die Verblichenen keine guten Menschen gewesen waren.

Da nun offiziell war, dass der mutmaßliche Killer von einem Hai getötet worden war, konnte Nicolae seiner

Klientin eine plausible Erklärung für das Verschwinden ihres Gatten liefern. Oswald Pringles war höchstwahrscheinlich ebenfalls einem Hai zum Opfer gefallen, und es fiel nicht sonderlich schwer, der Versicherungsgesellschaft diese These plausibel zu machen. Dass es sich bei dem Hai um Pauls Hai handelte, und Oswald Pringles nicht sein einziges Opfer gewesen war, blieb unerwähnt. Pringles wurde für tot erklärt, und die nunmehrige Witwe kassierte die Versicherungssumme, was ihr die Möglichkeit verschaffte, ihren Traum von einem ruhigen Leben auf dem Land zu verwirklichen. Nunmehr befreit von den Zwängen, die ihr verblichener Mann ihr auferlegt hatte, erhob sie Migel in ein sozialversicherungspflichtiges Anstellungsverhältnis und verschaffte ihm damit die Möglichkeit, eine legale Aufenthaltsgenehmigung zu erhalten.

Mit Nicolaes Detektei ging es nach dem Erfolg im Fall Pringles aufwärts. Die Gerichtsverhandlung gegen Heather Drysand verschaffte ihm gute Publicity und neue Klienten.

Im Hause Drysand bereitete man sich auf eine Hochzeit vor. Rebecca und Paul würden heiraten. Sie hatten beschlossen, zum alten Drysand in die Palm Bay zu ziehen. Der alte Mann war überglücklich. Gleiches galt für Paul, der sein Glück kaum fassen konnte. Er hatte eine wunderschöne, kluge Frau an seiner Seite und in Bob Drysand so etwas wie einen Vater gefunden. Paul arbeitete in der Stiftung als Skipper auf einem kleinen Forschungsschiff. Diese Arbeit erschien ihm weitaus sinnvoller, als Touristen zum Angeln zu schippern. Endlich konnte er etwas Nützliches tun. Dass seine zukünftige Frau gleichzeitig sein Boss war, störte ihn nicht im Geringsten. Nun, da er ein regelmäßiges Gehalt bezog, konnte er es sich leisten, die alte Shackleton zu überholen. Der Rumpf bekam einen neuen Anstrich, und er kaufte auch neue Außenborder. Das Boot sah aus wie neu, und er taufte es auf den Namen Rebecca. Und Sharky? Paul wollte kein Risiko mehr eingehen. Er hatte den Fisch ein letztes Mal in die Wanne gehievt und vom Bootsanleger weggeholt. Für die tägliche Fütterung war Little Turtle Key zu weit von der Palm Bay entfernt, und Sharky konnte ja aufgrund seines Sehfehlers nicht gut Jagen. Man hatte in der Drysand Marine Foundation ein riesiges Aquarium errichtet. Dort fühlte Sharky sich wohl. Paul konnte jeden Tag nach ihm sehen. Rebecca hatte Sharkys Augen untersucht, und beschäftigte sich gerade mit der Möglichkeit, Kontaktlinsen für den Hai anfertigen zu lassen. Sollte dies gelingen, könnte man Sharky wieder ins freie Meer entlassen; dahin wo er schließlich hingehörte. Zwischenzeitlich genoss der Fisch seinen Aufenthalt im Aquarium und freute sich gerade auf seine Fischration, als Paul ihn besuchte. „Na alter Junge, alles klar?" Sharky schielte ihn an. Paul war glücklich.

***

Anmerkung

Die Geschichte von Paul und Sharky ist frei erfunden.

Sowohl die handelnden Personen als auch die einzelnen Schauplätze sind fiktiv.

(Natürlich gibt es die Florida Keys aber wirklich....)

Danksagung

Stephan Frenk sei gedankt für die gemeinsamen, bierseligen Stunden, in denen die Idee zu dieser Geschichte entstand, sowie für kritische Anmerkungen während der Entstehung des Manuskriptes.

Susi Krisch sei gedankt für ihr Verständnis für die vielen bierseligen Stunden, in denen das Manuskript diskutiert, modifiziert und hoffentlich optimiert wurde, sowie für ihre aufklärenden Erläuterungen zum Wesen der weiblichen Akteure.

Und tschüss...